KB237174

쓸쓸한 밤길

한국 근대 청소년소설 선집 1

쓸쓸한 밤길

초판 1쇄 발행 2007년 9월 17일
초판 4쇄 발행 2009년 7월 27일

엮은이 최시한 최배은
펴낸이 홍정선 김수영
펴낸곳 ㈜문학과지성사
등록번호 제10-918호(1993. 12. 16)
주소 121-840 서울 마포구 서교동 395-2
전화 02)338-7224
팩스 02)323-4180(편집), 02)338-7221(영업)
전자우편 moonji@moonji.com
홈페이지 www.moonji.com

ⓒ ㈜문학과지성사, 2007. Printed in Seoul, Korea

ISBN 978-89-320-1812-6
ISBN 978-89-320-1811-9(전2권)

쓸쓸한 밤길

문지 푸른책
한국 근대 청소년소설 선집 1
| 최시한·최배은 엮음 |

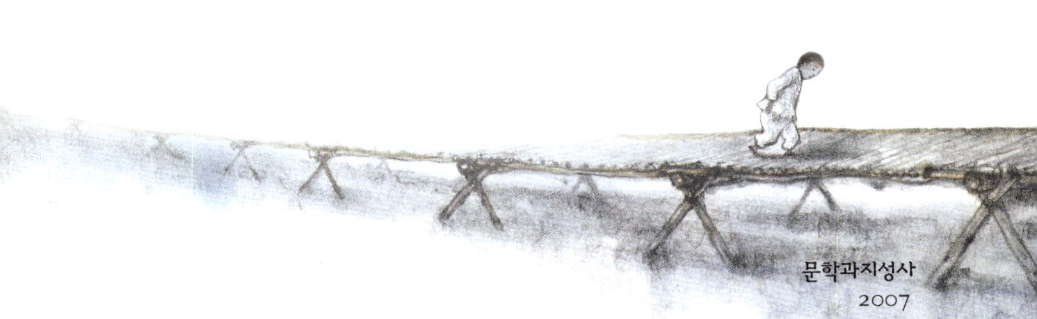

문학과지성사
2007

차례

행랑자식

나도향

진태는 아무것도 변명하지 않았다. 그러나 하루에 두 번씩 매를 맞게 되니까 무엇이
원망스럽고 또 무엇을 저주하고 싶었으나 그것이 무엇인지 알지 못하였다.

그래서 그는 한참 얻어맞고 혼자 울었다. 그는 위로해주는 사람 하나 없고 쓰다듬어주는 사람 하나 없었다.

그는 방구석에 틀어박혀서 한참 울다가 그대로 잠이 들었다. 꿈에는 억울한 꿈을 꾸었다.

1

어떤 춥고 바람 많이 불던 겨울밤이었다. 박교장의 집 행랑에서 글 읽는 소리가 나더니 꺼져가는 촛불처럼 차츰차츰 소리가 가늘어간다. 그러다가는 다시 옆에서 어린애 입에 젖꼭지를 물리고서 졸음 섞여 꽥 지르는 목소리로,

"어서 읽어!"

하는 어머니 소리에 다시 글소리는 굵어진다.

나이는 열두 살. 보통학교 4년급에 다니는 진태(鎭泰)라는 아이이니, 그 박교장의 집 행랑아범의 아들이다. 왱왱 외우던 글소리는 단 2분이 못 되어 다시 사라졌다. 그러고는 동리 집 시계가 11시를 치는 소리가 들리더니 사면은 고요하였다.

2

이튿날 날이 밝은 뒤에 보니까 온 마당 지붕 나뭇가지에 눈이 함박같이 쏟아졌다. 그런데 아직까지도 눈이 다 끝나지 않고 보슬보슬 싸라기눈이 내려온다.

진태는 문 뒤에 세워놓았던 모지랑비[1]를 들고 나섰다. 처음에는 새로 빨아 펼쳐 놓은 하얀 요 위에 뒹구는 것처럼 몸 가볍고 마음 상쾌한 기분으로 빗자루를 들었으며, 모지랑비와 약한 자기 팔로써 능히 그 많은 눈을 쳐버릴 줄 알았으나, 두어 삼쾌기를 가까스로 퍼 버리고 나니까 팔이 떨어지는 것 같고 허리가 부러지는 듯하였다. 그러나 아니 칠 수는 없었다. 날마다 아침에 일어나서 마당을 쓰는 것이 자기의 직분이다.

어머니는 안으로 밥을 지으러 들어가고 아버지는 병문[2]으로 인력거를 끌러 나갔다.

한두 삼태기를 개천에 부은 후에 다시 새 삼태기를 들고서 낑낑 하면서 개천으로 간다. 두 손끝은 눈에 녹아서 닭 튀해[3] 뜰 때 발 허물 벗겨내듯 빠지는 듯하고 발끝은 저려서 토막을 내는 듯하다. 그는 발을 억지로 옮겨 놓았다. 눈이 든 삼태기가 자기를 끌고 가는 듯하다. 그렇게 그가 길 중턱까지 갔을 때, 그의 팔의 힘은 차차 없어지고 다리에 맥이 획 풀렸다. 그래서

그는 손에 들었던 눈 삼태기를 탁 놓쳤다. 그러자 누구인지,

"이걸 좀 봐라."

하는 어른의 호령 소리가 바로 자기 머리 위에서 들렸다. 고개를 쳐들고 보니까 교장 어른이 아침 일찍이 어디를 다녀오시다가 발등에다가 눈을 하나 잔뜩 덮어씌우시고 역정 나신 얼굴로 자기를 내려다보고 계시다. 진태는 그만 얼굴이 홧홧하여졌다. 그리고 아무 말도 못하고 그대로 멀거니 서 있었다. 그는 무엇으로 그 미안한 것을 풀어야 좋을지 알지 못하였다. 그러다가 하얀 새 버선에 검은 흙이 섞인 눈이 묻어 있는 것을 보고서 자기의 손으로 그것을 털어드리면 얼마간 자기의 죄가 용서되리라 하고서 허리를 구부려 두 손으로 그 버선등을 털어드리려 하였다. 그러나 교장은 한 발을 탁 구르시더니,

"그만두어라, 더 더럽힌다."

하시고서,

"엥."

하시며 안으로 들어가셨다. 진태는 무안하였다. 손에는 어제 저녁에 습자[4] 쓰다가 묻은 먹이 꺼멓게 묻어 있다. 털어드리면 잘못을 용서하실 줄 알았더니 더 더러워진다 핀잔을 주시고 역정을 더 내시는 것 같다. 그래서 그는 어떻게 해야 좋을지 알지 못하여 그대로 멀거니 서 있었다. 무안을 당하여 얼굴도 홧홧하고 두 손에서는 불이 난다.

그래서 그는 안으로 들어가지 못하고 행랑 자기 방으로 들어가다가 안마루 끝에서 주인 마님이,

"아, 그 애 녀석도 눈이 없던가? 왜 앞을 보지 못해?"
하는 소리를 듣고서는 쥐구멍으로라도 들어가버리고 싶도록 온몸이 옴츠러졌다. 그러고는 자기 뒤로 따라 나오며 주먹을 들고서 때리려 덤비는 자기 어머니가,

"이 망할 녀석, 눈깔을 얻다 팔아먹고 다니느냐?"
하고 덤비는 듯하므로 질겁을 하여 방 안으로 들어갔다.

아니나 다를까, 조금 있다가 보기 싫은 젖퉁이를 털럭털럭하면서 어머니가 쫓아 나왔다.

"이 망할 녀석, 눈깔이 없니? 나리마님 새 버선에다가 그것이 무엇이냐? 왜 그렇게 질뚱바리[5]냐, 사람의 자식이."

어머니는 그래도 말이 적었다. 그러고는 곧 다시 안으로 들어갔다.

진태는 간이 콩알만 하게 무서운 것은 둘째 쳐놓고 웬일인지 분한 생각이 난다. 아무리 생각을 하여도 자기 잘못 같지는 않다. 자기가 눈 삼태기를 들고 가는데 교장 어른이 딴 생각을 하면서 오시다가 닥달린[6] 것이지 자기가 한눈을 팔다가 그리한 것은 아니다.

그래서 웬일인지 호소할 곳이 없어 그는 그대로 방바닥에 엎드러졌다. 그러고는 고개를 두 팔로 얼싸안고 자꾸자꾸 울었다.

그는 눈물이 방바닥에 떨어지는 것을 알았다. 삿자리[7] 깐 그 밑으로 흙내가 올라오는 것을 맡았다. 그러고는 어머니도 걱정을 하고 아버지도 걱정을 할 테요, 더구나 아버지가 이것을 알면 돌짝 같은 손에 얻어맞을 것을 생각하니, 몸서리가 난다. 그는 신세 한탄할 문자를 모르고 말도 모른다. 어떻든 억울하고 분하였다. 그렇다고 어디 가서 호소할 데도 없었고 분풀이할 곳도 없었다.

그는 방바닥에 한참 엎드려서 느껴가면서 울고 있을 때 방문이 펼석 열렸다. 그는 깜짝 놀랐으나 돌아다보지도 않았다. 그의 생각에는 그 문 여는 사람이 어머니려니 하였다. 그래서 약한 마음에 이렇게 우는 것을 보면 어머니는 나를 위로하여주려니 하였다. 그래서 어머니가 일어나라고 하기만 기다렸다.

그러나 한참 아무 소리가 없더니,

"얘!"

하고 험상스럽게 부르는 사람은 자기 아버지다. 그는 위로를 받기는커녕 벼락이 내릴 것을 그 찰나에 예감하였다. 그는 눈물이 쏙 들어가고 온몸이 선뜻하였다.

이번에는 꽥 지르는 소리로,

"얘, 일어나거라. 이것아!"

하는 아버지의 성난 얼굴이 엎드린 속으로 보인다. 그는 그러나 벌떡 일어나지는 못하였다. 자기 눈 가장자리에는 눈물이 묻었다. 그 눈물을 보면 반드시 그 우는 곡절을 물을 터이다. 그 대답을 하면 결국은 벼락이 내릴 터이다. 그래서 일어나지도 못하고 그대로 있지도 못하고 그의 가슴은 초조하였다.

　두 발이 성큼 방 안으로 들어오는 듯하더니 무쇠 갈고리 같은 손이 자기 저고리 동정을 꿰뚫어 번쩍 쳐들었다. 그는 쇠관에 매달린 쇠고기 모양으로 반짝 들렸다.

　"울기는 왜 우니?"

하는 그의 아버지도 자식 우는 것을 볼 때, 어떻든 그 눈물을 동정하는 자정(慈情)[8]이 일어나는지 목소리가 조금 낮아지며 또는 웃음이 섞였으니, 그것은 그 눈물 나는 마음을 위로하려는 본능이다.

　"왜 울어?"

대답이 없다.

　"글쎄 왜 우니?"

가슴은 타나 대답할 수는 없었다.

　"엄마가 때려주던?"

진태는 고개를 내흔들며 느껴 울었다.

　"그러면 왜 우니? 꾸지람을 들었니?"

　"안……요."

진태는 다시 고개도 흔들지 않았다.

　"그럼 왜 울어? 말을 해!"

아버지는 화가 나는 것을 참았다.

"이 자식아! 말을 해라, 왜 벙어리가 되었니? 말이 없게!"

하고서는 무슨 생각을 했는지 여러 번 타일러보다가,

"웬일야!"

하고 혼잣말을 하더니 바깥으로 나간다. 그것은 근자[9]에 볼 수 없는 늘어진 성미였다. 아마 어멈에게 물어볼 작정이었던 것이다.

아범은 문밖으로 나갔다. 그러더니 다시 들어오며,

"삼태기 어쨌니? 응, 삼태기?"

하며 안팎으로 들락날락하는 서슬에 안 부엌에서 어멈이 설거지를 하면서,

"왜 아까 진태가 마당을 쓴다고 가지고 나갔는데……."

하고,

"개더러 물어보구려."

한다. 아범은 화가 나는 듯이,

"그런데 쭉쭉 울고 있으니 무엇이라고 그랬나?"

하며 어멈을 본다.

그때 안마루에서 마님이 무엇을 보다가 운다는 소리를 듣더니 미안한 생각이 났던지,

"아까 눈인가 무엇인가 친다고 나리마님 발등에다가 눈을 쏟았다네. 그래서 어멈이 말마디나 한 것인 게지."

아범의 눈은 실룩해졌다. 그러고는 잡아먹을 짐승에게 덤비려는 호랑이 모양으로 고개가 쑥 내밀리더니 어깨가 으쓱 올라간다. 그러고는 아무 말 없이 바깥 행랑으로 나간다.

바깥으로 나온 아범은 다짜고짜로 방문을 열어젖혔다. 그의 생각에는 주인 나리의 발등에 눈 옆은 것은 오히려 둘째이다. 삼태기 하나 잃어버린 것이 자기 자식을 쳐 죽이고 싶도록 아깝고 분하고…… 망할 자식이다.

"이 녀석!"

자기 아들을 움켜잡았다.

"이리 나오너라."

진태는 두 손, 두 다리를 가슴에다 모으고서 발발 떨면서 자기 아버지만 쳐다본다.

"이 망할 자식, 울기는 애비를 잡아먹었니, 에미를 잡아먹었니. 식전 아침부터 홀작홀작 울게."

하더니 돌덩이 같은 주먹이 그의 등줄기를 보기 좋게 울렸다.

"에그 아버지, 에그 아버지."

하며 볶아치는 소리가 줄을 대어 나왔으나 그 뒷말은 없었다. 매를 맞는 진태도 '잘못했습니다'를 조건 없이 할 수는 없었다.

"무엇이야! 아버지, 이 녀석! 이 망할 자식."

하고서는 사정없이 들이팬다.

울고 호령하는 소리가 야단스럽게 나니까 어멈이 안에서 뛰

어나오며,

"인제 그만두, 그만둬요, 요란스럽소."

하고 만류를 하나,

"이게 왜 이래, 가만 있어. 저리 가요."

하고 팔꿈치로 뿌리치고는,

"이놈아! 그래 눈깔이 없어서 나리마님 버선에다가 눈을 들이부어놓고 또 무엇에 마음이 팔려서 삼태기는 밖에다가 놓아두어 잃어버리게 했니? 응? 이 집안 망할 자식!"

아범의 손이 자기 아들의 볼기짝, 등허리, 넓적다리 할 것 없이 사정없이 때릴 때마다 어린 살에는 푸르게 멍이 들고 피가 맺힌다.

그럴 때마다 아범의 목소리는 더한층 높아지고 떨리고 슬픔과 호소가 엉겼다. 그는 자기 아들을 때릴 때마다 눈앞에서 자기 손에 매달려 애걸하는 자기 아들이 보이지 않고 안방 아랫목에 앉아 있는 주인 나리가 보인다. 그러고는 자기 아들을 때리는 것 같지 않고, 자기 주인 나리를 욕하고 원망하고 주먹질하고 싶었다.

"인제 그만 좀 두."

하는 어멈은 자식을 가로챘다. 그래가지고는 다시 자기 아들을 껴안았다.

3

그날 해가 3시나 넘어 4시가 되었다. 진태는 학교에 다녀왔다. 앞대문을 들어오려다가 보니까 새로이 삼태기 하나를 사다 놓았다. 싸리나무로 얽은 낡고 붉은 삼태기를 볼 때, 그의 매 맞은 자리가 다시 아프고 얼얼하다.

툇마루에 걸터앉으니까 어머니는 상에다 밥을 차려가지고 방으로 들어오라고 부른다. 방 안에는 모닥불이 재만 남았는데, 인두 하나가 꽂혀 있고 또 다 삭은 화젓가락과 부삽 하나가 꽂혀 있다.

어머니는 누더기 천에다가 작년에 낳은 어린애를 안고서 젖을 먹인다. 어린애는 젖꼭지를 물고서 입을 오물오물하면서 한 손으로 다른 쪽 젖꼭지를 만진다.

진태는 그 동생을 볼 때 말없이 귀여웠다. 그래서 손가락으로 볼따구니도 건드려보고 어꾸어꾸 혓바닥 소리를 내어서 얼러보기도 하였다.

어린애는 벙싯 웃었다. 그러고는 젖꼭지를 쑥 빼고서 진태를 돌아다보았다.

어머니는 침착한 얼굴로 어린애의 손가락만 만지고 있더니,

"옛다."

하고 어린애를 내밀면서,

"좀 업어주어라."

하고서 어린애를 곤두세운다. 그러자 진태는,

"밥도 안 먹고?"

하고 밥을 얼른 먹고서 어린애를 업으려 했다. 그러나 진태의 집에는 아직 밥을 짓지 않았다. 어머니는 안에 들어가 밥을 지으려 하기는 해도 우리 먹을 밥은 지으려 하지 않는다.

진태는 어머니가 안으로 들어간 후, 어린애를 업고서 방 안으로 왔다 갔다 하면서 밥을 짓지 않으니 아마 쌀이 없나보다 하였다. 그러고는 아버지가 얼른 돌아와야 할 것이라 하였다.

진태는 뚫어진 창 틈으로 바깥을 내다보면서 아버지가 혼자 인력거를 끌어서 쌀 팔[10] 돈을 가지고 오지나 않나 하고서 고대하였다.

그래도 미심쩍어서 그는 쌀 넣어두는 항아리를 들여다보았다. 들여다보니까 겨 묻은 쌀 바가지가 텅 빈 시커먼 항아리 속에 들어 있을 뿐이다. 진태는 힘없이 뚜껑을 덮고서 섭섭한 마음으로 방 안을 왔다 갔다 하였다. 어린애는 등에서 꼼지락꼼지락하고서 두 발을 비빈다.

"오늘도 또 밥을 하지 못하는구나."

하고서 펄럭펄럭하는 문을 열고 쪽마루로 내려왔다.

내려와서는 냄비가 걸려 있는 아궁이 밑을 보았다. 거기에는 타다 남은 푼거리[11] 장작이 두어 개 재 속에 남아 있다.

그는 다시 장작 갖다 놓아두는 부엌 구석을 보았다. 거기에는 부스러기 나무도 없다.

바람이 불어서 쓸쓸스러운 행랑에 씻은 듯한 살림살이를 핥고 지나가고, 으슴츠름하게[12] 어두워가는 저녁날은 저녁 못 지을 것을 생각하고 섭섭한 감정을 머금은 진태의 어린 마음을 눈물 나게 한다.

조금 있다가 어머니는 허둥지둥 나왔다. 아마 부엌에 불을 지피고 나온 모양이다. 진태의 눈에는 아궁이에서 타 나오는 장작불을 한 발로 툭툭 차 넣던 어머니의 짚신 발이 보인다.

어머니는 나오면서 등에 업힌 어린애를 보더니,

"에그 추워! 저런, 무엇을 좀 씌워주려무나."

하고서,

"남바위[13] 어쨌니? 손이 다 나왔구나."

하더니 방으로 들어가, 진태가 돌에 쓰던 것이니까 10년이나 되는 남바위를 들고 나온다. 털은 다 떨어지고 비단은 다 삭았다.

그것을 어린애에게 씌워주고 어머니는 다시 문밖을 내다보고 5분이나 서 있었다. 진태도 그 서 있는 의미를 짐작하였다. 아버지 돌아오기를 기다리는 것이리라.

그러다가 어머니는 갑자기 덜미에서 누가 딱 하고 놀래는 것처럼 깜짝 놀라며 다시 안으로 들어가려고 돌아섰다. 그때 진태는,

“저녁 하지 않우?”

하고서 어머니 뒤를 따라 들어갔다. 어머니는 화가 나고 초조하던 판에,

“밥도 쌀이 있고 나무가 있어야지.”

하고 소리를 꽥 지른다. 진태 잔등에 업혀 있던 어린애가 깜짝 놀라며 와 운다.

진태는 어린애를 주춤주춤 추슬러 달래면서 아무 말 못하고 섰다.

어머니는 다시 안으로 들어갔다. 진태도 따라 들어갔다. 그러고는 부엌 앞에 앉아서 불을 넣고 앉았다.

4

날이 어둡고 전깃불이 켜졌으나 밥을 하지 못하였다.

그리고 아버지도 아직 돌아오지 않는다. 진태 어머니는 상을 차려드리고 바깥으로 나오려고 하니까 마님이,

“어멈!”

하고 부르신다.

“네.”

하고서 어멈은 문을 열려다가 다시 돌아다보았다.

“오늘 저녁을 하였나?”

어멈은 조금 주저주저하다가,

“먹을 것 있어요.”

하고서 부끄러운 웃음을 웃었다.

“아범 들어왔나?”

“아직 안 들어왔어요.”

“그럼 저녁도 짓지 못하였겠네그려.”

어멈은 아무 말도 없었다. 마님은 벌써 알아채고서,

“그래서 되겠나? 어린 것들이 추워서 견디겠나.”

하고서,

“자, 이것이나…….”

하고서 상 끝에 먹다 남은 밥을 이 그릇에서 저 그릇으로 모아
놓으면서,

“그놈도 들어오라구 그래, 불도 안 땐 모양이지? 추워서들
견디겠나, 어른은 괜찮겠지만 어린애들이…….”

하고서,

“어서 그놈도 들어오라고 해.”

하며 어멈을 쳐다본다. 어멈은 다행히 여겨 바깥으로 나오며,

“얘, 진태야!”

하며 진태를 부른다.

“왜 그러세요?”

진태는 문밖에 섰다가 문 안으로 들어오며 묻는다.

"들어가자."

"어디로?"

"안으로 말야. 마님이 밥 먹으러 들어오라신다."

진태의 얼굴은 당장에 새빨개지더니,

"왜 아버지 들어오시거든 밥을 지어 먹지."

"어디 들어오시니?"

"언제든지 들어오시겠지."

"들어가, 부르시니."

진태는,

"싫어요."

하고서 돌아섰다. 진태의 마음에는 아까 아침에 나리의 버선등을 더럽힌 것을 생각하니 다시 마님의 낯을 뵙기도 부끄럽거니와 아무것도 잘못한 것이 없는데 아버지에게 매를 맞게 한 것이 분하기도 하였다. 그런 데다가 안방에는 자기와 동갑 되는 교장의 딸이 자기와 같은 학교 여자부에 다니는데, 그 계집애 보기에 매 맞은 것이 부끄럽다.

"애, 나중에는 별소리를 다 듣겠네. 어서 들어가자."

어머니는 재촉을 한다.

"어서 들어가."

진태는 심술궂게,

“싫어요, 나는 밥 얻어먹으러 들어가기는 싫어요.”

하고 소리를 질렀다.

“빌어먹을 녀석, 기다리셔! 안에서……”

“기다리시거나 말거나 나는 안 들어가요.”

어멈 마음에도 자기 아들의 말하는 것이 잘못이 아니었다. 그리고 꾸짖기는 고사하고 동정할 만한 일이었으나, 그래도 당장에 배고파 할 것과, 또 자기도 밥을 먹어야지만 어린애 젖을 먹일 것이다. 그래서 자기 아들의 굳은 의지를 어머니 된 위력으로 꺾지 않을 수 없었다.

“안 들어갈 테냐?”

그 말을 하고 부지깽이[14]를 찾는 척할 때, 그는 웬일인지 하지 못할 짓을 하는 비애를 깨달았다.

“싫어요.”

진태는 우는 소리로 거절하였다.

“싫으면 밥 굶을 테냐?”

“굶어도 좋아요.”

“어디 보자, 어린애나 이리 내라.”

어린애를 안고서 어머니는 안으로 밥을 얻어먹으러 들어갔다. 그러나 진태는 방에 들어가 깜깜한 속에 드러누워 있었다.

그날 어째 그렇게도 서럽고 분하고 쓸쓸한지 모르겠다. 어째 이런가 하는 생각이 난다. 그리고 아버지나 얼른 들어왔으면 좋겠다 하였다.

10분이 못 되어 어머니는 다시 나왔다.

"애!"

하고 문을 열고 고개를 들이밀며,

"마님이 들어오라신다. 어서, 어서."

진태는 그대로 누운 채 다시 돌아누우며,

"싫어요, 안 들어가요."

"나리가 걱정하셔."

"싫어요, 글쎄."

어멈은 다시 들어갔다. 그리고 5분이 못 되어 또 나오는 소리가 들렸다. 그러더니 이번에는 문을 열고서,

"그럼 옛다."

하고 무엇을 내민다.

진태는 방바닥이 차디차고 찬바람이 문틈으로 스쳐 들어오는 것을 막기 위하여 이불을 내리덮고 새우잠을 자다가 어머니 소리를 듣고서,

"무엇이에요?"

하다가 얼른 목소리를 잡아당겼다.

"자, 밥이다. 먹고 드러누워라. 이 추운 데 저것이 무슨 청승이냐."

진태는 온몸을 사를 듯이 부끄러운 감정이 홱 흐르며,

“글쎄 싫다니까. 안 먹어요, 먹기 싫어요!”

어머니는 들어왔다. 진태를 밀국수 방망이 밀듯이 흔들흔들 흔들면서 타이르고 간청하듯이,

“일어나거라, 응! 일어나.”

진태는 더욱 담벼락으로 가까이 가며,

“싫어요! 나는 배고프지 않아요.”

하고서 고개를 이불로 뒤집어쓰고 아무 말이 없다.

“그만두어라, 너 배고프지, 나 배고프겠니?”

하고서 그대로 안으로 들어가려 할 때,

“에, 추워!”

하고서 들어오는 사람은 자기 아버지다. 어멈과 아범은 맞닥뜨렸다.

“이건 눈깔이 빠졌나, 엑구 시?”

하며 아범이 소리를 질렀다.

“어두워서 보이질 않는구료.”

하고서 여성답게 미안한 어조로 어멈은 말을 한다. 이 한번 닥뜨린 것이 빈 손으로 들어오는 자기 남편을 몰아세울 만한 용기를 꺾어버렸고, 주머니 속이 비어 있는 아범은 또한 큰소리를 할 만한 용기를 줄게 하였다.

“어떻게 되었소?”

“무엇이 어떻게 돼! 큰일 났어, 큰일! 벌이가 있어야지. 저녁

은 어떻게 했나?"

"여보, 그 정신 나간 소리는 좀 두었다 하우, 무엇으로 저녁을 해요?"

아범은 아무 소리도 못하고 방 안으로 들어갔다. 진태는 일어나 앉았다. 그러고는 속으로 반갑기는 그만두고 한 가닥의 희망까지 끊어져버렸다.

"그럼 어떻게 하나?"

아범은 불 켤 것도 생각지 않고서 한탄을 한다.

"그래, 한 푼도 없소?"

"아따 이 사람! 돈 있으면 막걸리 먹었게."

막걸리라는 소리가 어멈의 성미를 돋웠다.

"막걸리가 무어요? 어린 자식들은 추운 방에서 배들이 고파서 덜덜 떠는데 그래도 막걸리요? 그렇게 막걸리가 좋거든 막걸리 장사 마누라나 하나 데리고 살거나 막걸리 독에 가서 거꾸로 박히구료. 그저 막걸리, 막걸리 하니 언제든지 막걸리 신세를 갚고야 말 테야, 저러다가는……."

"글쎄 그만둬요, 또 여우 모양으로 톡톡거려. 엥, 집에 들어오면 여편네 꼴 보기 싫어서."

하고 입맛을 쩍쩍 다신다.

진태는 옆에서 그 꼴만 보다가 불을 켜고 있었다.

"그럼 저녁을 먹어야지."

하고서 아범은 꽤 시장한 모양으로 없는 궁리를 하려 하나 아무
궁리도 없다.

　“이것이나 먹구료.”

하고 어멈은 진태를 주려고 국에다 만 밥을 내놓으니까,

　“그게 무어야?”

하고 숟가락으로 두어 번 떠먹어보더니,

　“너 저녁 먹었니?”

하고서 진태를 돌아다본다. 진태는 말을 하려야 할 수도 없거니
와 말하기도 전에 어멈이,

　“안 먹었다우.”

하고 진태를 책망도 하고 원망도 하는 듯이 흘겨보았다.

　“왜?”

하고 아범은 숟가락을 든 채로 그대로 있다.

　“누가 알우, 먹기 싫다는 것을.”

　“그럼 배고프겠구나.”

하고서 밥그릇을 내놓으면서,

　“좀 먹으련?”

하니까 진태는,

　“싫어요.”

하고서 멀리 피해 앉는다.

　“왜 그러니?”

“먹을 마음이 없어요.”

30분쯤 지났다. 문밖에서 어멈이,
“진태야! 진태야!”
하고 부른다. 진태는 그 부르는 어조가 너무 은밀한 듯하므로,
“네.”
대답 한 번에 바깥으로 나갔다. 어머니는 대문간에 손에다가 무엇인지 가느다란 것을 쥐고 서 있다.
“저…….”
하고 어머니는 헝겊에 싼 그것을 풀더니,
“이것 가지고 전당국에 가서 칠십 전이나 팔십 전만 달래가지고 싸전[15]에 가 쌀 다섯 홉만 팔고, 나무 열 냥어치만 사가지고 오너라.”
한다. 진태는 얼른 알아챘다. 옳지, 은비녀로구나. 자기 집안에 값진 것이라고는 어머니 시집올 때 가지고 온 그 비녀 하나하고 굵다란 은가락지뿐이다.
진태는 그것을 받아 들었다. 그러고는 전당국을 향하여 간다. 전당국이 잡화상 옆에 있는 것이 제일 가깝고, 조금 내려가면 이발소 윗집이 전당국이다. 그러나 첫째 집은 가지를 못한다. 그것은 전당국의 아들이 자기하고 같은 학교를 다니니까 만일 들키면 창피할 것이요, 부끄러울 것이다. 그래서 그 집을 남겨

놓고 먼 저 아래 전당국으로 가리라 하였다. 그는 팔짱을 끼고 옹송그리고서 전당국으로 들어가려 하니까 어째 누가 손가락질을 하는 것 같고 구차함을 비웃는 듯하다. 그리고 그 전당국 주인까지도 자기의 구차한 것을 호령이나 할 듯이 싫을 것 같다.

그러나 눈 딱 감고 들어가려 하니까, 문간에다가 '기중(忌中)'[16]이라고 써 붙이고 문을 닫아버렸다.

"기중(忌中)."

사람이 죽었구나 하고서 생각하니, 그 몇 분 동안에 자기 마음이 긴장되었던 것은 풀어진다. 그러면 이번에는 하는 수 없이 그 동무 아버지의 전당국으로 가야 하겠다.

한 발자국이라도 더디게 떼어놓아 그 전당국으로 들어설 때, 가슴은 거북하고 머리에는 열이 올라와서 흐리멍덩하다.

기웃이 들여다보니까 아무도 없다. 혹시 동무 학동이나 만나지 않을까 하였더니 사무 보는 어른이 한 분 앉아 있고 아무도 없어 아주 다행이다.

그는 정거장 표 파는 데처럼 철망으로 얽고 또 비둘기장 구멍처럼 뚫어놓은 곳으로 은비녀를 디밀었다. 신문을 보던 사무 보는 어른이 한 번 흘겨보더니,

"무엇이냐?"

하고서 소리를 꽥 지른다.

"이것 잡으세요?"

하는 소리는 떨리고 가늘었다. 사무 보는 이는 아무 말 없이 그 것을 받아 들더니 저울에다가 달아본다.

진태는 속마음으로, 만일 저것을 잡지 않으면 어떻게 하나? 나쁜 것이라고 퇴짜를 하면 어떻게 하나 하고 있을 때,

"얼마나 쓰련?"

하고 돈을 묻는다. 그는 겨우 안심을 하고서 돈을 말하려다가 자기가 부르는 돈보다 적게 주면 어떻게 하나 하고서 도리어 그 이더러,

"얼마나 나가요?"

하고 물었다. 그는 한참 있더니,

"일 원이다."

한다. 그러면 자기 어머니가 얻어 오라는 것보다는 3, 40전이 더하다. 그는 겨우 안심을 하고서,

"칠십 전 주세요."

하였다.

"네 이름이 무엇이냐?"

전당표에 이름이 씌어지는 것은 좋지 못하나 하는 수 없이 이 름을 댔다.

사무 보는 이가 전당표를 쓰는 동안에 진태는 왔다 갔다 하였 다. 그러고서 남에게는 전당 잡으러 온 체하지 않으려고 사면을 둘러보며 군소리[17]를 하였다.

진태가 바깥을 내다볼 때 누구인지 덜미에서,

"진태냐?"

하는 어린애 소리가 들렸다. 그는 얼른 돌아다보니까 거기에는 그 집 주인의 아들이 반가이 맞으며,

"어째 왔니?"

하며 나온다. 진태는 달아나고 싶었다. 그러고는 될 수만 있으면 돈도 그만두고 피해 가고 싶었다.

"내일 산술 숙제 했니?"

어쩌면 그렇게 다정하게 물으랴? 그러나 진태는,

"아니."

하고서 고개를 내저었다. 그의 얼굴은 진홍빛같이 붉어졌다.

"얘, 큰일 났다, 나는 조금도 할 수가 없어!"

그의 말소리는 진태의 귀에 조금도 안 들린다. 내일 숙제는 그만두고 내일 학교에 가면 반드시 여러 동무들이 흉들을 볼 테요, 또는 놀려댐을 당할 것이다. 그리고 그의 앞에는 커다란 수남(壽男)이가 보이며, 장난의 괴수요, 핀잔 잘 주고 못살게 굴기 잘하는 그 불량한 학생이 보인다.

전당표와 돈을 받아 들었다. 이제는 싸전으로 갈 차례다. 석 되나 닷 되, 한 말 쌀을 파는 것은 오히려 자랑거리지만 다섯 홉은 팔기가 참으로 부끄럽다. 구차한 것이 죄악이 아니지만 진태에게는 죄지은 것처럼 부끄럽다. 그는 싸전에 가서 종이 봉지

에 쌀 다섯 홉을 싸 들었다. 첫째 싸전쟁이가,

"왜 전대를 가지고 오지 않았어?"

꽥 소리를 한번 지르더니 딴 사람의 쌀을 다 퍼주고야 종이 봉지 하나가 아까운 듯이 가까스로 다섯 홉 한 되를 퍼주었다.

돈을 주고 나왔다. 쌀 든 손은 얼어서 떨어지는 듯하다. 한 손으로 귀를 녹이고 또 한 손으로는 번갈아가며 쌀 봉지를 들었다.

이번에는 나무 가게로 갈 차례다. 나무 가게로 갔다. 20전어치를 묶었다. 그것을 새끼에다 질빵을 지어서 둘러메고 쌀은 여전히 옆에다 끼었다. 한길로 고개를 숙이고 가다가는 어깨가 아프고 손, 발, 귀가 시려서 잠깐 쉬다가 저쪽을 보니까 자기 집 들어가는 골목을 조금 못 미쳐서 학교 선생님 한 분이 오신다.

진태는 얼핏 일어났다. 그리고 선생님이 골목까지 오시기 전에 먼저 그 골목으로 들어가야 하겠다 하였다. 그러고는 줄달음질하였다. 선생님은 아무것도 둘러메셨을 리가 없으므로 걸음이 빠르시다. 자기는 힘에 닿지 않는 것을 둘러메었고 또는 걸음이 더디다. 거의 선생님과 맞닥뜨리게 되었다. 그래서 앞도 보지 않고 골목으로 뛰어들어가다가 거기서 나오는 사람과 마주쳤다.

"에쿠!"

하면서 손에 들었던 쌀이 모두 흩어지고 나무는 어깨에 멘 채

나가자빠졌다.

"이 망할 집 자식, 눈깔이 없니?"

하고 들여다보는 그이는 자기 아버지다. 진태는 그래도 뒤를 돌아다보았다. 벌써 선생님은 본 체 만 체 지나가버리셨다.

"이 망할 자식아, 쌀을 이렇게 흩뜨려서 어떻게 해?"

하며 아버지는 두 손으로 껌껌한 데서 그것을 쓸어서 바지 앞에다 담는다.

진태는 멍멍히 서 있다가 아버지에게 끌려서 집으로 들어갔다.

집에 들어가니까 어머니가 얼마나 받았으며 얼마나 썼으며 얼마나 남았느냐고 묻는다. 진태는 그 소리를 듣고서 전당표를 주었다. 그러고는 자세한 이야기를 하였다.

그러나 어머니는 진태의 잘잘못을 따지지 않았다. 유일한 보물을 전당을 잡혀서 팔아온 쌀까지 땅에다 모두 엎질러버린 것을 생각하니 그대로 있을 수 없을 만치 아깝고 분하다. 그래서,

"이 망할 녀석, 먹으라는 밥을 먹지 않아서 밥이나 먹고 자라고 하쟀더니……."

하고서 주먹을 들고 덤벼들며,

"어디 좀 맞아보아라!"

하고서 또다시 덤벼든다. 진태는 아무것도 변명하지 않았다. 그러나 하루에 두 번씩 매를 맞게 되니까 무엇이 원망스럽고 또 무엇을 저주하고 싶었으나 그것이 무엇인지 알지 못하였다. 그

래서 그는 한참 얻어맞고 혼자 울었다. 그는 위로해주는 사람 하나 없고 쓰다듬어주는 사람 하나 없었다.

그는 방구석에 틀어박혀서 한참 울다가 그대로 잠이 들었다. 꿈에는 억울한 꿈을 꾸었다.

『개벽』, 1923. 10.

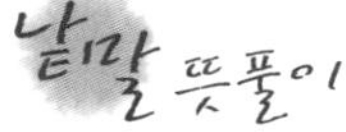
낱말 뜻풀이

1 끝이 닳아서 없어진 비.
2 골목길 어귀.
3 잡은 짐승을 끓는 물에 잠깐 담갔다가 털을 뽑다.
4 글씨를 연습하기 위해 쓰는 글자.
5 행동이 느릴 뿐만 아니라 하는 짓이 미련하고 답답한 사람을 욕으로 이르는 말.
6 닥달리다: 자기가 저지른 일로 성화를 입거나 시달림을 받다.
7 갈대나 구름나무 껍질 같은 것으로 결어서 만든 자리.
8 어버이로서 자식을 사랑하고 불쌍히 여기는 마음.
9 요즈음.
10 팔다: (돈을 주고) 곡식을 사다.
11 몇 푼의 돈으로 살 수 있게 조금씩 묶은 땔나무를 팔고 사는 일.
12 으슴푸레하게. 빛이나 소리가 분명하지 않고 흐릿하거나 희미하게.
13 추위를 막느라고 쓰던 모자의 한 가지. 겉의 가장자리에 너비 5cm가량 되게 털가 죽을 둘러 댄다.
14 아궁이에 불을 때거나 피울 때 쓰는 막대기.
15 쌀을 사고파는 가게.
16 가족 중에 죽은 사람이 있어 그에 대한 장례 등의 절차를 밟고 있는 중.
17 하지 않아도 좋을 쓸데없는 말.

언 밥

권환

밥을 먹고 나니 턱이 까불리고 전신이 떨렸다. 찬 눈바람은 긴 산골로부터 와서 부드러운
석준의 볼을 깎는 듯이 지나간다. 저편 들 가운데에는 석준의 다니던 학교가 보인다.
종 치는 소리가 멀리 바람결을 따라 댕댕 들린다. 그 소리는 석준의 온 신경을 찌르는 듯이 파동쳤다.

—이 글을 가난한 집 소년 제군에게 드립니다

　석준(碩俊)은 발이 푹푹 빠지는 눈밭을 겨우 넘어가서 양지쪽 조금 따뜻한 바위 위에 지게를 받혀 놓고 앉아 쉬었다. 힘없이 비취는 겨울 햇빛을 마주 보고 앉은 석준은 인제야 살 듯싶었다. 얼어 곱아진 손을 한참 동안 입김을 호호 불며 지게 뒤에 달고 온 점심밥을 떼어 풀었다.

　검은 개떡밥 굵은 보리쌀로 뚤뚤 뭉친 밥은 그동안 얼어서 얼음사과같이 퍼석퍼석하였다. 된장 장아찌도 얼었다. 배고픈 석준은 이가 빠지도록 찬 것도 헤아리지 않고 흙 묻은 손으로 맛있게 잘 먹는다.

　이 언 밥을 먹어가면서 석준은 이렇게 생각하였다.

'나는 이런 밥이라도 먹지마는 어머님과 형님과 또 누이님은 무엇을 가지고 어떻게 계시는지? 암만 요새와 같이 짧은 해라도 개떡보리밥 한 술씩 먹고 어떻게 종일 일을 하고 계시는지?'

그리고 오늘 아침에 지낸 일을 생각하지 않을 수 없었다.

＊

오늘 아침이었다. 석준은 당장 시험 볼 것을 생각하면서 학교로 갔다. 이번에도 내가 모두 갑(甲)[1]을 맞고 또 일등을 해서 어머니와 형님이 모두 기쁜 낯으로 이웃 사람들에게,

"우리 집 석준이는 금번에 또 일등을 하였어. 공일[2]마다 나무 하러 가면서 공부하여도 집에 앉아 공부만 하는 그 애들보다 성적이 좋아."

하면서 자랑하는 소리를 듣고 말겠다. 오늘 산술 시험은 아마 여러 가지 수명법통법(數命法通法)[3]에서 많이 날 듯하다. 한번 외어보자.

"육 척이 일 간, 육십 간이 일 정, 삼십육 정이 일 리, 일 년은 삼백육십오 일, 윤년 삼백육십육 일……."

이과(理科)는 아마 인체(人體)에서 날 듯하다.

"소화기(消化器)는 위, 대장, 소장, 맹장, 신경계(神經系)는 뇌신경, 척신경……."

이렇게 입을 곰작곰작하면서 외우고 가는 동안에 어느덧 발이 학교 문 안에 들어 있다.

상학종이 뎅뎅 치고 나니 전례(前例)와 같이 교장 선생과 다른 선생들이 조례식에 나와서 여러 가지 주의를, 또 특별히 시험에 대한 주의를 시키고 나더니, 마지막에 교장 선생이 평시에도 상판이 사납게 보이는 낯을 유달리 찡그리며 매 눈같이 둥근 눈을 안경 밑으로 불근불근하면서 생도들을 보고 하는 말이,

"다른 이는 다 가더라도 이때까지 월사금 안 낸 이들은 남아 있어야 한다."

한다. 이 말을 들은 석준은 가슴이 덜컥하였다. 이달 월사금을 못 준 것이 인제야 생각난다.

"그러나 설마 어쩌랴, 시험이야 못 치게 할까."

하고 있으니 수백 명 학생들은 차례차례 교실로 다 들어가고 7, 8명이 교장 선생 앞에 열을 지어 섰다. 그 애들은 다 석준이와 같이 얼굴이 새파래졌다. 근심 기운 얼굴을 억지로 펴면서 교장 선생 입을 바라보고 장차 나오는 말을 기다리고 있다.

"학교 규칙에 월사금 안 낸 사람은 학교에 다니지 못한다. 한 달에 오륙십 전 되는 돈을 못 낼 사람은 학교에 안 다니는 것이 옳다. 너희들은 지금 책보 가지고 너희 집으로 가라"고 교장 선생은 위엄스럽게 말한다.

"그리고 월사금 가져온 뒤에 학교에 다녀라."

그 말을 들은 생도들은 하는 수 없이 책보를 끼고 학교 둔으로 나왔다. 그중에서도 어린 1학년 생도 몇은 훌쩍훌쩍 울고 간다. 나이 많고 세음[4] 찬 아이 하나가 그것을 보고,

"얘들아, 울면 소용 있니? 얼른 가서 월사금이나 얻어가지고 시험 칠 도리나 하자."

하면서 달랜다.

"그게 무슨 말이니? 언제는 돈을 두고 안 가져오니? 나는 인제 가면 놀 수밖에는 없겠다."

한 아이는 흥분을 못 이기는 듯이 말한다. 또 어떤 이는 교장 선생이 너무한다고 욕도 하며 어떤 애는 저의 부모가 너무도 무식하다고 원망도 하여가면서 집으로 돌아간다.

석준은 아무 말 없이 집으로 들어갔다. 들어가자마자 어머니가 뜰에서 무엇을 까부르다가 석준이를 보고 들었던 키를 옆에 놓으며,

"왜 벌써 오니? 어디 아프니?"

석준은 이때까지 참아오던 울음이 홍수에 터진 물처럼 와락 터져 나온다.

"아니에요."

하고 픽픽 울었다. 어머니는 한참 물끄러미 보더니 인제야 생각 나는 듯이,

"응, 월사금 때문에 쫓겨 왔니?"

“그럼요.”

하고 석준은 소리를 내어 자꾸 운다. 행수(杏秀) 누이가 방 안에서 베 짜고 있다가 그 소리를 듣고 부리나케 나오더니,

“이 애가 왜 이래요?”

어머니는 반쯤이나 우는 소리로,

“월사금 때문에 학교에서 쫓겨 왔단다.”

“아니, 시험도 못 치구요? 참 선생들도…….”

“글쎄 말이야, 시험만 아니면 그래도…… 그런데 너희 큰오빠는 어디 갔니?”

“뒷집 벼 져다 주러 가셨어요. 그런데 인제 곧 오신다고 하셨어요.”

그러자마자 석준의 형님이 지게를 지고 들어온다. 석준이가 책보를 앞에 놓고 훌쩍훌쩍 우는 것을 보고,

“이 애가 왜 벌써 와서 이러니?”

“월사금인가 무엇인가 그것 때문에 시험도 못 치르고 쫓겨 왔단다. 어쩌면 좋겠니? 애비 없는 저것을 글자나 읽힐까 하였더니…….”

어머니는 치마에 낯을 대고 흑흑 느껴 운다. 석준 형님은 물끄러미 한참 서서 무엇을 생각하더니,

“글쎄 학교 그만두라고 벌써부터 안 그러던. 오늘부터 나무나 해 날라라. 학교 다닐 놈이 따로 있지, 뉘라도 가면 되는 줄

아니?"

"어찌 저런 말을 할까. 그래도 몇 달 안 지내면 졸업이 될 터인데. 그런데 야, 경준(慶俊)아, 뒷집에 삯전 받을 것은 없니?"

"그것 어디 있어요? 벌써 먼젓번에 양식 팔려고 일 원 미리 갖다 쓰지 아니하였어요?"

"참 그렇다."

"나는 인제 꿔올 데도 얻을 데도 없어요."

어머니는 무엇을 한참 생각하더니 벌떡 일어나 치마 끝으로 눈물을 닦으며 석준을 보고,

"이 애야, 그것 가지고 무엇 울 것 있니? 내 지금 어디 가서 꾸어와서 너 시험 치게 할 터이니 걱정 말고 있거라."
하고 어머니는 밖으로 나갔다. 세 사람은 머리를 숙이고 마주 앉아 있다. 작은 오막집 안은 잠깐 동안 잠잠하여졌다. 뒷집에 개 짖는 소리가 궁궁 들린다. 조금 지나서 석준의 어머니는 실망한 얼굴로 오더니,

"할 수 없다. 석준아, 오늘부터 학교 그만두어라. 인제 막 과천댁에 갔더니 한 푼도 없다 하더라."
하고 힘없이 펄썩 앉는다.

"그 집에서 돈 오십 전이 없어 그럴까요, 우리가 꾸어달라 하니까 그렇지."

행수 누이가 성난 말로 한다.

"그야 두말 할 것 있니?"

어머니와 오빠는 한 소리로 말한다.

"내 짜는 베 저것이나 다 되었으면 뉘 집에든지 갖다 주고 돈을 좀 얻어올 텐데."

"글쎄 말이지 인제 두서너 자 짠 것을 할 수 있니?"

이런 영검[5]도 없는 걱정들을 하고 있는 동안에 석준의 가슴에는 백천 가지 신기루를 짓다가 최후에 이렇게 결심을 하였다. 오늘 산에 가 나무나 하여서 그것을 팔아 월사금 주고 내일부터나 시험 칠 수밖에 없다고. 그래서 지게를 지고 나왔다. 그러나 석준은 저의 집 소유인 산림이 없었다. 그래서 사람 잘 아니 오는 이 먼 산으로 올 수밖에 없는 것이었다.

*

밥을 먹고 나니 턱이 까불리고 전신이 떨렸다. 찬 눈바람은 긴 산골로부터 와서 부드러운 석준의 볼을 깎는 듯이 지나간다. 저편 들 가운데에는 석준의 다니던 학교가 보인다. 종 치는 소리가 멀리 바람결을 따라 댕댕 들린다. 그 소리는 석준의 온 신경을 찌르는 듯이 파동쳤다. 학생들은 운동장으로 쏟아져 나온다. 공 받는 아이, 뜀 뛰는 아이, 블랑코[6] 타는 아이, 댕기가 팔랑팔랑 하면서 그네 뛰는 여학생들은 포플러 숲 속으로 가뭇가

뭇하게 보인다. 석준은 그것을 보며,

"너희들은 다 무슨 행복을 가져 저렇게 뛰고 놀고 하느냐, 따뜻한 옷 입고 좋은 밥 먹고."

하고 다시 지게를 졌다. 이골 저골[7] 눈밭을 밟아 깨동구리[8] 마른 솔가지들을 주워 반 지게나 채웠다. 그동안 해는 벌써 산 너머로 가려고 한다. 골 안이 차차 어두워옴에 따라 석준은 더욱 추워온다.

마침 그때 석준은 반쯤이나 부러진 큰 소나무 하나를 보았다. 그러나 그것은 부러진 지가 얼마 아니 된 듯하였다. 가지도 잎도 살아 있다. 석준은 그것을 꺾으면 한 지게에 찰 듯싶었다.

"저 나무는 내가 안 꺾더라도 얼마 안 지나면 말라 죽을 것이니 산 임자가 보더라도 아무 말 않겠지."

하고 낱낱이 꺾어 지게에 담았다. 잠시 동안 한 짐이 되었다. 석준은 인제 집으로 가겠다 하고 산골로 가만가만 내려왔다.

산 밑에 다 나오니 나무하는 아이들이 노래를 부르면서 내려온다.

"아리랑 아리랑 아라리야 아리랑 고개 날 넘겨주소. 힘깨나 센 놈은 석탄 굴 가고 말깨나 하는 놈은 ××으로 가네. 아리랑 아리랑 아라리야 아리랑 고개 날 넘겨주소."

이렇게 부르고 오다가 석준이를 보고 앞에 오는 아이가 묻는다.

“이 애 석준아, 오늘도 공일이냐?”

“아니다.”

“그럼 어찌 왔니, 학교 안 가고? 너희 형님이 또 앓는구나.”

“앓기는 어디를 앓아. 그렇지만 오늘은…….”

“네가 진 생솔가지는 어디서 했니? 꽤 많이 했구나.”

“양산댁 산에서 부러진 것을 꺾어왔다.”

“이 애, 그래도 마른 솔가지 아니면 안 되는 게다. 그러면 얼른 가거라. 이 애, 그 집 주인이 거기 넘어온다. 들키면 안 되니 응!”

“별소리 다 한다. 이 애, 부러진 것 꺾어오는데 무슨 관계 있니?”

석준은 이렇게 말하면서도 속으로는 좀 가슴이 우둔거렸다.

그러자마자 뒤에서 누가,

“이 애, 석준아.”

하고 부르는 소리가 들린다. 휙 돌아보니 석준의 한 동리에 사는 양산댁 젊은 주인이었다. 석준은 주춤 서서,

“예! 무엇 하렵니까?”

“이놈아, 그 나뭇짐 받쳐놓아라.”

산 임자 아들은 고함을 치면서 따라온다. 석준은 하는 수 없이 지게를 받쳤다.

“그 생솔가지 어디서 했니?”

“저…… 이 위에서 부러진 솔가지를 꺾어왔습니다.”

석준은 일부러 죄 없는 것을 보이려고 약간 웃는 말로 하였다. 산 임자는 와락 달려들면서,

“무어라고 하니 이놈!”

하더니 불문곡직하고 석준의 뺨을 치며 발로 차고 한다. 그리고 지게를 산산이 부수며 낫을 빼앗아서 팽개친다.

“이 애 이놈, 남의 산 생소나무를 꺾니?”

“아니에요 아니에요 아니에요. 부러진 것을 꺾어왔습니다.”

하고 울면서 애걸하였다.

“거짓말을 누구 앞에서 하니?”

“아니요, 참말이어요.”

“잔말 말어. 이놈, 부러진 솔가지는 왜 꺾어와? 그리고 이놈아, 너 이것 알지, 남의 생소나무 한 주 베면 벌금 오 원씩 받는 줄을? 내일 너의 어머니께 벌금 받으러 갈 테니 그리 알어 이놈!”

하고 수첩을 하나 내더니 무엇을 식식 적는다. 그것을 본 석준은 어찌하면 좋을까를 몰라서 큰 소리로 울기만 하였다.

“시끄러워 이놈, 크디큰 놈이 울기는 왜 우니?”

“여보세요, 다시는 안 그럴 테니 요번만 참아주세요.”

“안 돼 이놈, 늘 보면 이놈이 여기 와서 이것저것 주워가. 학교 다니는 놈이 글이나 안 읽고. 그리고 이놈, 이 솔가지는 가

만두어. 내일 우리 집 머슴이 가져갈 테니.”
하고는 나뭇짐을 한 번 보더니 가버린다.

여러 아이들은 물끄러미 서서 구경을 하더니,

“이 애 인제 막 내가 그러지 않았니?”

“이 애 울면 쓸 데 있니? 얼른 가자, 날도 어두워오니.”

한 아이는 동정을 못 이기는 듯이 석준의 팔을 잡고 일으키면서 달랜다.

그러나 설움을 못 참는 석준은 잡은 팔을 뿌리치고 울기만 하였다. 어룽어룽하게 눈물 고인 눈으로 산산이 부서져 여기 한 조각, 저기 한 조각 있는 지게를 보니 서러운 울음이 더 북받쳐 나왔다. 추운 날에 저물도록 한 공력[9]도 아깝고 내일 어떻게 학교에 갈까 하는 것도 걱정되었다. 그러나 그것보다도 어떻게 하여 벌금 5원을 낼 것인지 더욱 걱정이었다. 어머니와 형님에게 무어라고 할까 하는 걱정이었다. 옆에 섰던 아이들도 다 가버렸다. 산골은 어둡고 차다. 밤부엉이와 같이 어두운 산속에 혼자 우는 석준 소년의 울음소리는 고요한 저편 산에서 산울림하였다.

『신소년』, 1925. 12.

낱말 뜻풀이

1 성적 등급을 나타내는 말로, 지금의 '수(秀)'에 해당함.

2 일이나 학교 수업이 없는 쉬는 날. 휴일.

3 수의 단위를 세거나 이르는 규칙.

4 말과 행동을 분별할 줄 아는 판단력.

5 사람의 소원을 들어주는 신령의 힘. '영험'에서 온 말.

6 빙글빙글 돌아가는 놀이기구.

7 골짜기.

8 깨둥거리. '그루터기'의 경상남도 방언.

9 정성을 다해 애쓰는 것.

야구빵 장수

문인암

야구복도 못 입은 조선옷 입은, 때 묻은 선수! 무얼 잘하랴! 하고
우습게 알았던 그가 첫 솜씨에 스트라이크를 냄에 모든 사람의 마음에 동정이 일시에 끓어올라서
손이 아픈 줄 모르고 응원해주는 것이었다. "잘한다, 성남이!" 300여 명의 응원단은 펄펄 뛰기 시작하였다.

1

두 달 전에 ○○보통학교로 전학 온 성남(成男)이가 요사이 빵을 팔러 다닌다는 소문은 그의 반 5학년 생도들을 크게 놀라게 하였다.

"그런데 이 애, 그것이 썩 우습단다. 보통 빵 장수 같으면 빵 사시오 빵 사세요……라고 하지? 그런데 성남이는 그 외치는 소리가 참 이상하단다 — 오라, 그 자식이 요번 학예회에서 야구가를 하였지?"

"응, 저 — 장엄하고 활발스런 야구 선수들아…… 그것 말인가?"

"그래 그래. 그것을 부르면서 빵 사시오 빵 사세요 한단다."

"홍, 창가(唱歌)¹를 하면서 어떻게 빵 사라고 하나?"

"그것이 썩 재미가 있단다. 소리를 높이 하여 장엄하고 활발스런 야구수들아…… 빵 사세요 빵 사세요! 공부할 때 공부하여 지식 넓히고—빵 사세요 빵 사세요! 이런단다."

"쳇! 듣기 싫어."

하고 혀를 차는 아이는 이 학교 안에서 건방지기로 제일가는 창석(昌錫)이였다.

그는 성남이와 같은 5학년인데 학교에서 제일가는 야구 선수였다.

"이 애, 듣기 싫을 게 아니라 우습지 않으냐?"

하고 아까 흉내 내던 아이가 또 계속하였다.

"운동할 때 운동하여 체육 힘써서…… 빵 사세요, 빵 사세요! 심신을 건강케 하-세…… 빵 사세요, 빵 사세요! 아하하하하."

"그것 참 우습겠네. 야구 창가를 하는 빵 장수는 개국 오천 년 이래로 처음 되겠네."

하고 일동은 하하하 소리쳐 웃었다.

"쳇!"

또 한 번 혀를 찬 사람은 야구 선수 창석이다.

"그런 곳에 개국 오천 년이라는 말은 적당치 않다. 무엇이 재미있니? 첫째 우리 학교의 명예 손상이 아니냐? 우리들의 낯을 더럽히는 놈 아니고 무어냐?"

60여 명의 학생들은 죽은 듯이 고요해지고 말았다. 공부는 잘하지 못하나마 5학년 반 중에서 제일 나이 많은 사람이고, 또 뚝심이 센 데다 그 아버지가 그곳에서 제일가는 부자고, 더구나 그곳 교육회 회장이고, ○○학교에는 학무위원으로 있는 세력가인 까닭에 자연히 학교 사무실에서도 창석이에게는 심히 꾸짖지 아니하는 것을 알기 때문에 그의 말을 모두들 두려워하는 터였다.

"그러나…… 우리 집에는 한 번도 온 일이 없는데."

"정한 이치지. 부끄러워서 올 수가 있나!"

"그런데 날마다 아침 저녁으로 팔러 다니나? 빵을 팔러 다닌다건마는 한 번도 지각한 일은 없지 않은가 말이다!"

"잘 팔린단다. 빵 사세요 하고 오면 아이들은 야, 야구빵 장수가 왔다 하고 잘 사는 까닭에 빵은 즉시 다 팔린단다. 그러면 오늘은 빵 아웃이야요, 이로부터 홈런이올시다. 내일 또 많이 사주시오 하고 돌아간단다."

일동은 또 한 번 소리쳐 웃었다. 그때 첫 시간의 상학(上學)[2]이 땡! 땡! 울렸다. 일동이 달음박질하여 가는 뒤로부터 땀을 흘리면서 급한 걸음으로 쫓아오는 어린 학생은 지금까지 말하던 빵 장수 성남이였다.

2

첫 시간은 '수신(修身)'[3]이었다.

담임 선생은 특별히 운동 경기에 대하여 설명하였다. 운등의 필요, 운동의 효과, 운동의 정신이라는 조목을 들어 일일이 잘 알아든게 설명하고, 특별히 다른 학교와 시합을 할 때에는 이기기만 위하여 욕심 사납게 굴지 말고 정정당당한 태도를 잃지 말아야 한다고 힘을 들여 말씀하였다. 그것은 마침 그 이튿날 옆 동리에 있는 △보통학교와 야구 시합을 하게 된 까닭이었다.

그 △학교와 ○○학교는 시내에 있는 소학단 중에 제일 강군인 까닭에 해마다 봄과 가을에 열리는 소년야구대회에는 항상 이 두 학교가 맨 나중까지 이겨 서로 결승을 하게 되는 터였다.

그러나 ○○학교는 투수의 성적이 그리 아름답지 못하였던 까닭에 작년 봄 제1회전에는 8대6, 작년 가을 제2회전에는 3대2로 △학교에게 지고 말았었다.

그러므로 금년 봄에는 어떻게 해서든지 영광의 우승기를 얻어야 학교 체면을 유지할 수 있기 때문에 학생들과 사무실은 물론이요, 그 학부형들과 동리 사람들까지 피를 끓여가며 곁전을 벼르고 있는 판이었다.

○○학교의 투수는 뚝심 세고 심술 센 김창석이었다.

그는 소학생으로서 속도와 컨트롤 같은 것도 과히 나쁘지는
아니하였지만 남의 힘을 업수이 여기는[4] 성질이 있어서 남의
인심을 얻지 못하고 때때로 실패가 많았다.

"창석아! 요번에는 힘을 다하여 이겨야 한다. 그래야 우리 학
교의 명예를 회복한다."

"염려 말아. 작년에는 내가 조금 실패를 하였지만 금년에는
그놈들을 한 놈도 안 내일 터이니……."

"그렇지만 나는 걱정이다. 작년에도 염려 말라 하고 그와 같
이 지고 말았으니……."

"무어, 그것은 내가 일부러 져준 것이야. 이기려면 이기지.
거짓말인가 이번에는 내가 하는 것을 좀 보아, 이번 싸움
을……."

창석이는 아주 자신이 있는 듯이 웃으면서 그 기운찬 두 주먹
을 일동의 앞에 쑥 내어밀었다.

3

기다리던 두 학교의 야구 시합은 오후 2시부터 △학교의 운
동장에서 열렸다. 두 편이 원래 굳센 강군들이라 이번에는 어느
편이 이기는가 하고 구경꾼이 마당에 넘치게 들이밀렸다. 오후

2시! 땅덩이가 울릴 듯이 손뼉 치는 소리와 환호하는 소리가 일어나면서 시합은 시작되었다.

일심정력[5]으로 겨우내 단련해온 선수들의 기술은 서로 치고 지키고 싸움은 점점 맹렬해졌으나 ○○학교의 김창석의 공은 강하기 짝이 없어서 △학교 편은 한 사람 더 나지 못하고 기운을 내지 못하매 △학교의 응원단은 소리칠 맥이 없어지고 ○○학교 응원단은 기뻐 날뛰었다. 그리하여 4회까지 3대0의 성적으로 ○○편이 이겨나갔다. 그러나 5회 처음에 △학교의 제일 선수가 '배트'를 잘 쳐서 안타로써 2루까지 달아나고 다음 사람이 또한 안타로써 1루까지 살아가고 먼저 선수는 3루까지 갔다.

이것을 본 창석이가 갑자기 골을 낸 까닭으로 공을 바로 넣지 못하고 망볼[6]만 내어 기어코 세번째 '배트'를 포볼로 보냈는데 네번째가 들어서자 홈런을 갈겼다. 그러므로 지금은 △학교가 도리어 1점을 더 이기게 되었다.

기뻐 날뛰던 ○○응원단은 침만 삼키고 있고 풀이 없던 △응원단은 만세를 연해[7] 부르면서 물 끓듯 떠들었다. 그럴수록 창석이는 점점 골을 내어 마음의 안정을 잃고 망볼만 넣기 시작한 까닭에 또한 만루가 되었다. 학생들은 물론이고 선생님들까지 얼굴이 파래졌다.

"창석아 잘하여라! 정신을 차려라!"

"마음을 급히 먹지 말고 정신 차려서 천천히 하여라."

일동은 애걸하듯이 근심하는 말로 그를 응원하였건만 성질 곱지 못한 창석이는 점점 더 까닭 없는 골만 내었다.

"누구 창석이 대신 투수 할 사람이 없느냐?"

교장은 참다 못 참아 내빈석에서 뛰어나와서 외쳤다.

"아무도 없습니다. 보결로 있던 복동이도 오늘은 병으로 인하여 못 나온 때문에……."

하고 감독 선생이 풀 없는 대답을 하고 머리만 긁었다.

그중에 창석이는 보결할 사람도 없다는 말을 듣고, 되지 못한 불평을 일으켜 허물을 감독 선생에게 돌리려 하였다.

학생들 중에는 눈물이 글썽글썽한 아이도 있고, 하도 분하여 주먹을 흔들면서 창석이를 원망하는 애도 있었다. 기뻐하는 것은 △학교의 응원단이었다. 기를 흔들고 손뼉을 치면서,

"야! 볼 투수야! 그래도 야구를 한다느냐?"

"이야! 이놈아, 더 연습해가지고 오너라!"

"너 같은 것이 다 야구 선수라 하느냐?"

"○○학교에는 사람도 하나 없나 보구나!"

하고 놀리는데 ○○학교의 응원단은 아무 말 못하고 한숨만 쉬며 뜨거운 눈물만 흘릴 따름이었다.

4

　이편의 형세가 너무도 참혹하게 기울어지는 것을 보고 한숨과 눈물에만 젖어 있는 응원단의 한 구석에서 벌떡 일어나서 활발히 걸어 나오는 소년이 있었다.

　"선생님! 저에게 투수를 시켜주십시오. 제가 대신 하겠습니다."

　흥분되어 떨리는 목소리로, 그러나 힘 있게 말하는 소년은 틀림없는 야구빵 장수 이성남이었다.

　"응, 성남이냐? 네가 투수를 해본 일이 있느냐?"

　"네, 조금 해본 일이 있습니다."

　"참으로 할 수가 있을까?"

　교장은 속으로 기쁨을 이기지 못하였다.

　"네, 창석이처럼 골만 내지 않으면 기술을 겁낼 것은 없습니다."

　이 힘 있는 소리에 교장은 한없이 기뻐하면서 감독 선생과 의논한즉, 감독 선생도,

　"이왕 진 것이니까 아무나 시켜보지요."

하고 성남이를 내어보내기로 하였다.

　"야! 이성남이가 나간다."

하고 응원단은 소리쳤다. 그러나 그가 야구를 잘하는지 못하는

지 아는 사람이 없어서 궁금하였다.

두루마기를 벗어던지고 조선옷 입은 채로 성남이는 창석이가 골을 내고 팽개치고 나간 야구 장갑을 집어 손에 끼고 씩씩하게 나섰다.

"야구복은 없느냐? 야구복은?"

하고 교장은 조급히 물었다.

"아니요. 관계찮습니다.[8]"

하고 저고리에 조끼 입고 조선바지를 입은 채로 부끄럼 없이 운동장 복판에 나서서 바다나 산같이 열 겹 스무 겹으로 둘러 서 있는 응원단과 구경꾼을 한 번 휘익 돌아보았다.

"야, 이상한 놈이 들어왔다."

"아하하, 아하하, 운동복도 못 입은 거지 선수로구나."

"야! 야! 때 묻은 투수야!"

하고 놀려대는 소리가 저편 응원단에서 빗발치듯 하건만 성남이는 도리어 빙그레 웃더니 공 든 오른손을 높이 들고서,

"간다!"

하고 소리쳤다. 은방울 소리같이 고운 그의 소리가 운동장 구석까지 울리자 모든 사람은 긴장되었다. 눈을 흡뜨고 그의 손을 노리는데 휙! 하고 던지고 턱! 하고 받는 소리가 나자,

"스트라이크 원!!"

심판관의 소리도 신이 나게 크게 들렸다.

“으아—”

소리가 구경꾼들의 입에서도 일제히 일어나고 손뼉 소리가 천지를 흔든다.

야구복도 못 입은 조선옷 입은, 때 묻은 선수! 무얼 잘하랴! 하고 우습게 알았던 그가 첫 솜씨에 스트라이크를 냄에 모든 사람의 마음에 동정이 일시에 끓어올라서 손이 아픈 줄 모르고 응원해주는 것이었다.

“잘한다, 성남이!”

300여 명의 응원단은 펄펄 뛰기 시작하였다. 교장도 모자가 벗겨지는 것도 모르고 손뼉을 치고 있었다. 소란한 중에 연거푸 던진 것이,

“스트라이크 투!!!”

세번째 휘저어 던진 공이 들어맞으니,

“스트라이크, 아웃!!!”

적군은 쫓겨 나갔다. 응원단은 그 귀신 같은 재주에 미쳐 모자를 하늘로 던진다, 춤을 덩실덩실 춘다 하고 야단들이었다.

“이성남 만세!”

여기서 저기서 함성이 일어나고 구경꾼은 손수건을 흔들면서 환호하였다.

5

"야! 고놈 썩 잘하는 걸."

"저편은 저편이지만 참 잘한다. 그런데 언제 한번 본 듯한 아이다."

"응, 나도 언젠가 한번 본 듯한 걸."

하고 △학교 응원단에서는 수군거리기 시작하였다.

"알았다! 알았어. 야구빵 장수다, 야구빵 장수!"

하고 그들은 비로소 ○○학교의 새 투수가 매일 저녁 자기네들의 집 앞을 돌아다니며 야구 응원가를 부르면서 빵을 팔러 다니는 소년인 것을 알았다. 그래 무슨 큰 기쁜 일이나 생긴 것처럼 기뻐하며,

"야-이 야-이 빵-장-수-. 빵장수 투수가 제법이구나!"

한 사람이 부르짖자 모두 같이 깔깔깔깔 웃으면서,

"야구빵 장수, 잘한다 빵장수 빵장수 빵-장-수."

"장엄하고 활발스런 야구빵-장수."

"공부할 때 공부하여 야구빵 장수!"

그의 원기를 꺾어주려고 이렇게 몹시 놀려대니 이편 교장이나 선생은 모두 얼굴을 숙이고 웃음을 죽였다. 그러나 원 당사자인 성남이는 조금도 부끄러운 빛이 없이 사방을 휘돌아보더

니 또 공 쥔 손을 높이 들고 생끗 웃었다.

"간다!!"

하고 소리치자 화살 같은 공은 어느덧,

"스트라이크 원!"

"스트라이크 투!"

"스트라이크 아웃!!"

세 개를 던지자 또 아웃이었다. 각 루를 지키는 수비와 타자는 그냥 장승같이 서서 할 일이 없었다.

"아! 장하다! 너의 위대한 침묵, 숨겨두었던 기술 덕택으로 우리 학교의 명예는 회복되었다!"

교장은 성남이의 손목을 잡고 어떻게 감사해야 좋을지 몰라 하였다. 성남이는,

"아니올시다 선생님. 제가 잘한 것이 아니라 △학교 선수들이 실수를 자주 한 까닭입니다."

하고 겸손한 대답을 하면서 생끗 웃었다. 8회 때 만루를 시켜 놓고 홈런을 친 성남이의 덕으로, 성적은 7 대 4로 영광의 우승기를 높이 들고 의기가 양양하게 돌아왔다.

6

그 이튿날 일이었다.

기쁨이 넘치는 ○○학교에서는 오후에 축승회⁹가 열리기 때문에 기쁜 빛은 더욱더욱 넘치고 사무실은 그 준비에 바빴다.

한 시간만 더 하면 공부는 중지하고 축승회를 한다고 생도들은 기뻐 날뛰는데 셋째 시간의 상학종이 울릴 때 어떤 더러운 옷을 입은 한 사십 넘은 마른 부인이 조그만 다 낡은 우산을 지팡이로 짚고,

"사무실이 어디냐? 사무실이 어딘지 알려다우."

하면서 학생들에게 물어가면서 사무실을 찾아 들어갔다.

"교장 어른을 좀 뵈러 왔습니다. 교장 어른이 계십니까?"

공손히 묻는 까닭에 교장은 벌떡 일어나서 그이를 교장실로 안내하였다.

"제가 교장이올시다. 무슨 일로 오셨는지 앉으셔서 말씀하십시오."

"네, 네. 다름 아니라 이 학교에 '야구빵 장수'라는 학생이 있지요?"

"네, 있습니다. 있습니다. 이성남이란 훌륭한 소년이올시다."

"네, 네, 네. 성남이 그 학생입니다. 그 학생이 어제 큰 공을

세웠다는 것이 정말입니까?"

"그렇습니다. 우리 학교의 위태함을 구한 훌륭한 소년이올시다."

그 말을 들은 부인은 두 눈에 눈물이 글썽글썽하여서,

"선생님, 그 학생은 저희들의 생명을 살려주는 은인이올시다. 알지도 못하는 저희 집 네 식구를 먹여 살리느라고 날마다 날마다 빵을 팔러 다니는 큰 은인이올시다."

부인의 마르고 병든 얼굴에는 눈물이 샘물같이 흘렀다. 교장은 이상스런 말에 눈이 둥그레져서,

"이성남이가요? 좀 자세히 말씀해주십시오."
하고 궁금스럽게 말하였다.

"네, 네, 말씀하지요. 저는 본래 평안도 평양에서 살던 사람인데 재작년 여름 장마 때 주인이 이 세상을 떠나버리고 여자의 몸으로서 어린 것 삼남매를 데리고 갈 길을 몰라 길거리에서 헤매다가 어느 아는 이의 주선으로 이리로 이사를 해왔습니다. 그러나 먹어야 살지를 않습니까. 밤에는 남의 집 바느질을 해주고 낮에는 쌀 고르는 회사에 다녀서 간신히 간신히 조밥이라도 끓여 먹고 살다가 엎친 데 덮친다고 작년 겨울부터 그만 병이 나서 일도 못하고 누워 앓았습니다. 그러나 어린것들이 배가 고파 우는 것을 차마 볼 수가 있습니까, 그냥그냥 억지로 노동을 하였더니 병이 점점 깊어져서 아주 꼼짝도 못하게 되었습니다."

부인은 떨리는 말소리를 그치고 소매로 눈물을 씻었다.

"불행한 일도 많습니다."

교장은 더 말을 못하고 눈을 감았다.

부인은 눈물을 씻고 다시 말을 계속 하였다.

"그리 되니 아들 인창이란 열두 살 어린것이 어머니 병환이 나을 때까지 제가 빵을 팔겠다고 합니다그려. 열두 살 먹은 어린 것을 학교에 못 보내는 것도 원통한데 그 어린 어깨에 빵 궤짝을 메어 내보낼 생각을 하니 참말 창자가 끊어지는 것 같았습니다. 그러나 어떻게 다른 도리가 없으니까 제가 하는 대로 버려두었더니 빵집에 가서 궤짝을 얻어 메고 온종일 팔러 다니는데 어린것이라고 불쌍하게 여겨 그랬던지 하루에 육십 전, 칠십 전씩이나 팔아서 그걸로 죽을 쑤어 먹고 살았습니다. 그런데 고생이 미진하여서 작년 섣달 스무닷샛날 저녁 때 그 어린것이 자전거에 치여서 높은 신작로에서 깊은 개천에 떨어져서 팔이 부러지고 머리가 터졌습니다그려. 그런 것을 자전거 탄 놈은 그냥 달아나버리고 없는데 순사 한 사람이 머리를 지져서 동여매주고, 어떤 사람에게 업혀가지고 집으로 왔는데 그때 순사 뒤에 따라온 조그만 학생이 그 성남이란 학생이었습니다. 처음에는 아마 인창이하고 같이 놀던 동무인가보다 했더니 나이도 다르고 조금도 모르는 아이인데 인창이가 어린것이 빵을 팔러 다니는 것을 보고 불쌍히 여겨서 가끔가끔 빵을 사 먹은 일이 있다고요. 그래 그 성남이가 가서 청해다준 의사의 진찰을 받아보니까 앞으로 한 석 달 동안은 꼼짝 말고 치료를 하여야지 무슨 일을 하든지 걸어다니든지 하면 한평생 병신이 된다고 그럽니다그려. 그래 하늘이 무너진 것 같아서 어찌할 줄을 모르고 있으니 밥 한 그릇은 그만두고 물 한 모금 얻어먹을 돈이 있습니까. 내가 병들어 누웠는데 저까지 꼼짝 못하게 되었으니 네 식구가 그대로 굶어 죽게 되었는데 그 성남이란 학생이 날마다 한 번씩 찾아와서 빵 궤짝을 메고 나가서 인창이 대신 빵을 팔아다가 줍니다그려. 아는 사람도 아니고 친한 동무도 아닌데 그렇게 우리 식구가 죽게 된 것을 보고 그렇게 부끄러운 줄도 모르고 빵을 팔아다가 주니 그런 성인이 또 어디 있습니까. 저희들 불쌍한 네 식구는 벌써 석 달째 그 성남이란 학생의 덕으로 살아왔습니다.”

부인의 눈에서는 눈물이 또 흘러내렸다.

“비가 오든지 바람이 불든지 학교에 갔다 와서는 자기 부모도 모르게 빵을 팔아가지고 ‘오늘은 이만치 팔렸습니다. 더 팔린 까닭에 인창이 주려고 달걀을 사왔습니다’ 하는 소리를 들을 때 저는 고마움과 기쁨을 못 이겨서 매일 손을 합하여 하느님께 빌고만 있었습니다. 그러니 그의 집이 어디인지도 모르고 그의 부모가 누구인지도 몰라서 한번 찾아가서 인사라도 하려고 아무리 집을 물어보아도 ‘그것을 알아 무얼 하느냐’고 영영 알려주지를 않고 ‘인창이가 병이 날 때까지만 팔아줄 터이니 미안

해하지도 말고 있으라'고 그래서 이때까지 그의 집도 모르고 부모도 모르고 그냥 지내왔습니다. 실상은 어느 학교에 다니는지도 모르고 있었습니다."

다시 한 번 눈물을 씻을 때 하학종 치는 소리가 들렸다. 교장은 무어라고 해야 좋을지 감탄만 하고 있는데 부인은 다시 이어,

"그런데 어제 저녁에 동리 아이들이 ○○학교의 야구빵 장수가 잘해서 이겼다. 야구빵 장수가 제일이라고 떠드는 소리를 듣고 처음 그게 성남이 이야긴 줄 알고 아픈 것을 무릅쓰고 찾아왔습니다. 어떻게 하면 그렇게 착한 사람이 되게 가르쳤습니까. 다 학교에서 그렇게 잘 가르치신 까닭이겠지요."

교장은,

"아니올시다. 우리 학교로 옮겨온 지는 단 한 달밖에 못 됩니다. 저의 천품이 좋고 가정의 교육이 좋은 까닭이겠지요. 실상은 학교에서도 그 애가 그런 일을 하는 줄 몰랐다가 어제 야구할 때에 처음 듣고 알았는데 살림도 넉넉한 집 아이인데 어째서 빵 장수를 하는가 하고 의심하였습니다."

"네, 그럼 학교에서도 모르셨습니다그려. 그런데 그 학생의 집이 어디고 부모가 누구신지 좀 알려주십시오. 오늘은 꼭 찾아가서 인사를 하겠습니다."

"네, 적어드리지요. 그러나 오늘 축승회가 있으니 참례하시

고 가시지요.”

교장은 부인을 거기서 기다리게 하고 분주히 사무실로 나아
갔다.

7

오후 30분! 기쁨의 회 축승회는 웅장한 합창으로 개회되었
다. 730여 명의 학생은 물론이요, 높은 단 위에 세워 금빛 찬란
한 우승기를 바라보고 둘러서 있는 학부형들의 얼굴에까지 감
출 수 없는 기쁜 빛이 넘쳤다.

풍금 소리도 다른 날보다 기쁘게 들리고 교장의 연설 소리도
다른 날보다 쾌활하게 들리고 딱딱하고 무서운 선생님의 얼굴
도 오늘은 정답고 반갑게 보였다. 학생들끼리도 모두 한데 엉켜
껴안고 싶게 한이 없이 기뻤다.

한 가지 한 가지 기껍고 즐거운 순서가 끝이 나자, 교장은 다
시 단 위에 올라섰다. 무슨 말을 하려는지 한참이나 잠잠히 서
서 학생들을 내려다보고 서 있었다.

“여러분!”
하고 힘 있게 하는 소리에 모든 사람의 눈이 교장의 입으로 쏠
렸다.

"나는 오늘 이 기쁜 자리에서 한이 없이 재미있는, 참말로 기쁜 이야기를 하나 하겠습니다. 여기 어떤 나이 어린 소년이 한 사람 있는데…… 그 소년은……."

하고 지금 인창이 모친에게 들은 성남이의 이야기를 힘 있게 가장 정성스럽게 이야기하였다. 그러나 이성남이라고 본명은 부르지 않고 어떤 소년이라고만 하였다.

한 마디 한 마디 정성 들여 하는 이야기에 모든 사람이 취하였다. 그리하여 그 어린 삼남매와 병든 어머니가 배가 고파 우는 이야기를 들을 때, 학부형들과 학생들 중에는 눈물을 흘리는 이가 많았다. 선생님들도 수건으로 눈물을 씻었다.

그러나 그때 어떤 소년이 그 집 아들의 대신으로 빵 궤짝을 둘러메고 나섰다는 이야기를 들을 때 학부형 중의 한 신사가 손뼉을 치기 시작하니 그 많은 사람이 일시에 손뼉을 쳤다.

"여러분, 불쌍한 네 식구를 위하여 학교에 다니는 틈을 타서 빵을 팔러 다닌 훌륭한 소년이 누구인지 아십니까? 우리 우리 ○○학교에 더할 수 없는 명예를 가져온 어린 선수 이성남군이 었습니다!"

이 의외의 소리에 일동은 으아- 소리를 치면서 손바닥을 터지라고 두들기면서 뒤를 돌아도 보며 이성남이를 찾았다.

"자아 우리는 다같이 기꺼운 마음으로 우리의 모범 소년을 맞이하십시다. 자아 이성남군! 이리로 좀 나아오시오."

　교장의 얼굴에는 웃음이 떠돌고 일동은 또다시 손을 두들겨
저 명예의 빵 장수를 환영하였다. 학생들 틈에서 조그만 조그만
소년 이성남이가 나왔다. 한 학교의 명예를 회복하기 위하여
700여 명의 기대를 등에 지고 용맹히 싸우는 어제의 용사도 이
날은 손님의 앞에 나오는 처녀와 같이 수줍어서 얼굴이 발갰다.
성남이가 교장의 앞에 나오자, 부인석에 있던 병든 부인 한 분
이 체면도 불구하고 뛰어나와 성남이를 붙들고,
　"아아, 고맙습니다. 이 학생이 우리 네 식구의 목숨을 살리느
라고 부모도 모르게 빵을 팔러 다닌 학생입니다."
하고 연설하듯이 외치는데 그의 얼굴에는 눈물이 비 오듯 하였다.
　그것을 보는 교장의 눈에서도 눈물이 흘렀다. 눈물은 씻지도
않고,
　"우리의 모범 소년 이성남군 만세!"
하고 교장이 부르는 소리에 따라 집이 울리게 만세 소리가 일어
났다. 그러나 그들 모든 사람의 눈에도 알지 못할 눈물이 고여
목이 터지라고 만세 소리를 길게 길게 불렀다.

『어린이』, 1926. 12.

낱말 뜻풀이

1 노래.

2 수업이 시작됨을 알리는 종.

3 마음과 행실을 바르게 하기 위해 몸과 마음을 스스로 훈련한다는 뜻으로 오늘날의
  도덕 교과.

4 업신여기다: 무엇을 얕보거나 하찮게 여기다.

5 오로지 한 가지 일에만 힘을 쏟음.

6 잘못 던진 공.

7 계속해.

8 관계찮다: 상관없다.

9 승리를 축하하는 모임.

동무들 위하여

방정환

동무를 위하여…… 불쌍한 동무가 학교에 다니게 되게 하기 위하여
어린 명환이의 피는 끓었습니다. 남들이 웃을 것도 모르고
부끄러운 줄도 모르고 어린 명환이는 길거리를 급히 뛰어 아는 집을 찾아다녔습니다.

1

학교에서는 공부도 잘하고 품행이 얌전하여 5년급의 부급장인 칠성이도 집안이 가난하여 아버지가 반찬 가게를 하시는 고로, 학교에서 돌아만 가면 밤이 들기까지 가게의 심부름을 하느라고 매양 고달프게 지내는 터였습니다.

한 학교에 다니는 아이들이 가끔가끔 길거리에서 칠성이가 비웃 두름[1]이나 미나릿단이나 숯섬[2] 같은 것을 지고 지게꾼처럼 사가는 손님의 뒤를 따라가는 것을 보지만, 원래 공부도 잘하고 마음이 착한 고로 아무도 그를 업신여기거나 놀리거나 하는 아이는 없었습니다.

그런데 그 칠성이가 웬일인지 학교에 아니 오는 지가 사흘째

되었습니다. 오늘도 선생님이 출석을 부르시다가,

"김칠성이가 어찌해서 아니 오는지…… 아는 사람이 없나? 아는 사람 손 들어봐라."

하셨지만 아무도 손 드는 이가 없었습니다.

"반찬 가게 집의 가난한 아들!"

이라고 동정을 했던 만큼 학생들도 모두 다 마음속으로 궁금해 하였습니다.

*

하학한 후 집에 돌아가는 길에 안명환이는 일부러 골목을 돌아 칠성이 집 가게에 들렀습니다.

명환이는 칠성이 집 너머 골목에 사는 큰 대문집 변호사의 아들이었는데 칠성이와는 반도 한 반이지만, 집이 가깝고 공부도 서로 잘하는 사이였던 고로, 남보다 더 정답게 지내던 터였습니다. 그래서 궁금하기도 남보다 더 궁금하여 집에 돌아가는 길에 혼자서 들른 것입니다.

가니까 칠성이가 그 조그맣고 납작한 가게 앞에서 허리를 구부리고 장작을 헤고[3] 있었습니다.

병이 나서 학교에 못 오는가보다 여기고 온 칠성이가 누워 앓는 중이 아니고 저렇게 가게 앞에 나와 있는 것을 보니 앓지 않

는 것이 다행하기는 하였습니다. 그러나 앓지 않으면서 학교에
아니 오는 것은 무슨 다른 까닭이 있구나 생각할 때에 마음이
무엇에 놀래는 것 같았습니다.

“칠성아! 김칠성!”
하고 부르니까 장작을 헤다 말고 칠성이는 돌아다보더니,

“응, 명환이구나.”
하면서 몹시도 반가워 달려들었습니다. 그러고,

“학교에서 벌써 하학했구나.”
하고 묻는 말에는 그동안도 학교 일을 퍽 궁금해하고 부러워하
는 정이 가득하였습니다.

“그래.”
하고 명환이는 가는 소리로 대답하고 천천히 이렇게 물었습니다.

“그런데 너 왜 요새 학교에 안 오니? 오늘도 선생님이 말씀
하던데…… 선생님이나 우리들은 병이 난 줄 알고 있었단다.”

칠성이는 그만 얼굴이 벌게지면서 고개를 푹 수그리고 아무
대답도 없었습니다.

명환이는 갑자기 더 미안하고 궁금해서,

“너희 집에 무슨 걱정이 생긴 일이 있니?”
하고 동정하는 소리로 물었습니다.

그래서 아무 대답이 없이 고개만 수그리고 있는 칠성이 눈에
는 눈물이 흥건히 고였습니다.

“왜 그러니? 칠성아!”

하고 명환이는 한 걸음 가깝게 다가서서 손을 쥐었습니다.

“저기 저 위에 새로 생긴 반찬 가게를 보아라. 우리 가게보다 크지 않으냐?”

칠성이는 눈물을 씻으면서 골목 위편을 가리켰습니다. 보니까 딴은 전에 못 보던 커다란 반찬 가게가 새로 생겼고 그 앞에 나무 장작과 숯섬도 산같이 쌓였습니다.

“저 새로 난 가게하고 너희 집하고 무슨 관계가 있니?”

하고 명환이는 궁금해 물었습니다.

“우리 집은 구차하여서 반찬 가게를 내놓고도 조금만 덜 팔리면 당장 밥을 지어 먹기가 어려워서 걱정인 데다가 저렇게 큰 가게가 또 생겨서 동리 사람들이 모두 저 큰 가게에만 가서 사는 고로, 우리 집은 그만 장사를 떠엎어버릴 지경이란다. 그래서 아버지는 그만 장사도 걷어치우고 시골로 내려가려고 그러신단다. 그래 나도 학교에도 못 다니게 되었단다.”

듣고 있는 명환이는 자기 일같이 가슴이 무거워졌습니다. 볼수록 볼수록 그 큰 가게가 미워서 못 견디겠었습니다.

“그렇더라도 이왕부터 너희 가게에서 사던 사람은 지금도 너희 가게에서 사겠지. 설마 모두 가겠니?”

“아니란다. 새 가게가 물건도 많고 구비하다⁴고 모두 그리로만 간단다. 그러니까 우리는 그만 걷어치우게 되었단다. 그래서 이 집만 팔리면 모두 시골로 간단다.”

칠성이의 눈에는 또 눈물이 고였습니다.

2

명환이는 칠성이가 학교에 못 다니게 된 까닭을 듣고 걸음이 잘 걸리지 않았습니다. 어떻게 하면 칠성이가 다시 학교에 다닐 수 있게 할꼬…… 하느라고 걸음이 잘 걸리지 않았습니다.

집에 와서도 책보를 끄르지도 않고 모자도 벗지 않고 마루 끝에 턱을 고이고 걸터앉아서 어떻게 하면 그놈의 심사 사나운 큰 가게를 못 팔게 하고 그 대신 칠성이 집 가게가 잘 팔리게 할 꼬…… 하고 그것만 궁리하고 앉았습니다.

“이 애야, 왜 모자도 안 벗고 그러고 앉았느냐? 어서 올라오 너라.”

하고 어머니는 방에서 내어다 보시면서 말씀하셨습니다.

“어머니, 우리 집에서는 날마다 어디 가서 반찬을 사옵니 까?”

“그건 왜 묻니? 행랑어멈이 사오는 것이니까 내가 알 수 있 니?”

“그럼 행랑어멈 좀 불러서 물어보세요.”

"별안간에 그건 왜 물어?"

"글쎄 좀 물어보세요. 어서요."

어머니는 행랑어멈을 불러 물어보셨습니다. 그러니까,

"새로 난 가게가 크고 물건도 많으니까 거기 가서 사와요."
하였습니다.

자기 집에서까지 그 미운 새 가게에 가서 사다 먹는 것을 알고
명환이는 덜컥하였습니다. 미안한 생각이 불타듯 하였습니다.

"어머니 이런 일이 있습니다."
하고 명환이는 칠성이 집과 칠성이의 불쌍한 사정 이야기를 일
일이 이야기하였습니다.

"그러니 내일부터는 꼭 칠성이 집 가게에 가서 사오라고 그러
세요. 네? 칠성이란 아이가 불쌍하지 않습니까?"
하고 어머니께 애걸하였습니다.

"그러구말구 내일부터는 꼭 그 가게에 가서 사와야하구말
구…… 그렇게 효성스럽구 공부 잘하는 애를 도와주어야지
…… 이 동리 사람들이 모두 그 집에만 가서 샀으면 좋겠다."

"그러게 말이에요. 어머니도 동리 집 아는 사람마다 만나는
대로 모두 거기 가서 사라고 이야기를 하세요. 저도 지금부터
아는 집은 모두 찾아가서 이야기할 터여요. 이 아랫집에두 가구
저 위 이발소 집에두 가구요."
하고는 후다닥 뛰어나갔습니다.

　동무를 위하여…… 불쌍한 동무가 학교에 다니게 되게 하기 위하여 어린 명환이의 피는 끓었습니다. 남들이 웃을 것도 모르고 부끄러운 줄도 모르고 어린 명환이는 길거리를 급히 뛰어 아는 집을 찾아다녔습니다.

　"여보세요. 요 너머 골목에 있는 조그마한 반찬 가게 집 아들 칠성이는 저하고 한반 학생인데 공부도 잘해서 부급장이고 부모에게도 효성스런 아이입니다. 그런데 요새는 반찬이 안 팔려서 학교에 못 다니게 되었으니 제발 그 집에 가서 반찬을 사다가 잡수셔요. 물건도 친절하고 정직하게 팝니다. 꼭 그 집에 가서 사세요."

하고 자기 일같이 애걸애걸하는 고로 누구든지,

　"오냐, 염려 마라. 네가 그렇게 말하니 그 집에서 사오기로 하마. 그런 훌륭한 아이를 따로 도와주지는 못하더라도 물건이야 팔아주고말고…… 꼭 거기서 사마!"

하고 대답해주었습니다.

　명환이는 간 곳마다 그렇게 기쁜 말을 듣는 고로, 다리 아픈 줄도 모르고 숨찬 것도 모르고 10여 집이나 돌아다녔습니다.

　그렇게 아는 집마다 다 돌아다녀놓고 오기는 왔으나, 그래도 그것만 가지고는 팔려도 얼마 팔리지 않을 것이 염려였습니다.

　그래 저녁밥도 안 먹고 사랑으로 나아갔습니다.

3

사랑에는 아버지의 변호사 사무를 조력하고 있는 사무원이 있었습니다.

"아저씨, 아저씨는 담배를 날마다 어느 가게에서 사다 잡수시우?"

"허허! 별안간에 담배 검사가 또 웬일이냐. 그건 왜 알아 무얼 하니?"

"글쎄 알아야 할 일이 있어서 그래요."

"아무데서나 닥치는 대로 사 먹지. 행길⁵로 지나가다가 아무데서나 사지……."

"그럼 오늘부터는 꼭 요 너머 납작하고 조그마한 반찬 가게에서 사 잡수세요."

하고 명환이는 열심을 다하여 칠성이의 불쌍한 사정을 죄다 이야기하였습니다.

"그러구말구. 그럼 꼭 그 가게에서만 사구말구, 염려 말아라. 거기서만 살게."

"네! 그러구요, 아저씨 아는 어른마다 만나는 대로 모두 거기서만 사라구 그러세요. 그 위에 새로 난 큰 가게는 아주 나쁜 가게예요. 다른 동리에 가서 내지 못하고 꼭 그 좁은 동리에 와

서 칠성이 집 가게를 엎어먹으려고 거기다가 일부러 크게 낸 것
이 분명하지요."

"그런데 너, 너희 동무 집에 조그만 등사판[6] 인쇄 기계가 있
다 했지?"

"네! 있어요. 한 장만 써가지고 박히면 똑같은 것을 몇 백 장
이든지 박히는 거예요."

"그래, 그래. 그것을 빌려가지고 네가 네 손으로 칠성이 집과
칠성이의 사정을 써가지고 여러 장을 박혀서 이 동리 집집마다
신문 돌리듯이 한 장씩 돌리면 그것을 보고 누구든지 칠성이 집
에만 가서 살 것이 아니냐? 그런 일을 하는 것을 선전이라고
그런단다."

명환이는 그 말을 듣고,

"옳지, 옳지."

하고 미친 아이같이 손뼉을 치고 뛰면서 기뻐하였습니다.

지체 없이 그 길로 뛰어가서 등사판 기계를 빌려왔습니다. 그
러고 어머니에게서 10전, 사무원 아저씨에게서 20전, 모두 30
전을 얻어가지고 습자지를 사왔습니다. 그러고는 사무원 아저
씨의 책상에 엎드려서 광고문을 열심히 지어 썼습니다. 사무원
아저씨는 싱글싱글 웃으면서,

"이 애야, 저편 새로 난 큰 가게는 밉기는 제일 미운 놈이지
마는 그 가게의 욕을 쓰든지 그 가게에 가서 사지 말라고 그런

말을 쓰면 남의 장사에 방해했다고 '영업방해죄'가 되는 법이니까 저편 큰 가게의 말은 한마디도 쓰지 말고, 이편 칠성이 집 일만 쓰고 거기 가서 사라고 그 말만 써라. 그래야 문제가 안 되는 법이다."

하고 친절히 일러주었습니다.

그래 명환이는 광고문을 이렇게 간단하게 지어서 썼습니다.

○○동 정자 우물께에 있는 조그만 반찬 가게 집 아들 김칠성이는 나이 열세 살 된 ×× 보통학교 5학년 학생인데 부모에게 효성이 지극하고 학교에서도 공부를 잘하여 부급장까지 되었습니다. 그런데 요사이는 그 가게 반찬이 팔리지 아니하여 살 수 없이 된 고로 학교에도 못 다니게 되었습니다. 참말로 아깝고 불쌍한 일이오니 누구시든지 동정하는 마음이 계신 어른은 가무쪼록 그 집 물건을 팔아주시기 바랍니다. 가게는 조그마할망정 좋은 물건을 정직하게 파는 집이오니 제 불쌍한 동무 김칠성군을 위하여 꼭 그 집에서 물건을 사시기 바랍니다.

동급생 안명환

사무원 아저씨는 그것을 읽어보시고,

"참말 잘 지었다. 그런데 첫머리에 제목을 쓰고 끝에 인사를 써야지.”

하고 맨 위에 ‘약한 사람을 도웁시다!’하고 크게 쓰고, 맨 끝 줄에 ‘뜻있고 정 있는 어른께!’라고 써주었습니다.

4

이튿날은 노는 날이었습니다.

어젯밤에 늦도록 박혀 논 200장이나 되는 선전지를 가지고 명환이는 새벽부터 돌아다니면서 집집에 한 집도 빼놓지 않고 한 장씩 돌렸습니다.

새벽 일기는 몹시 추웠습니다. 그러나 명환이는 추운 줄을 몰 랐습니다. 200집이나 돌아다니기는 어른도 피곤할 일이었습니 다. 그러나 어린 명환이는 그것도 몰랐습니다.

동무를 위하여! 불쌍한 동무를 위하여!! 어린 가슴의 피는 탈 대로 타오르는 것이었습니다.

*

이사 간 집같이 쓸쓸해진 칠성이 집 가게 앞에는 그날 아침에 난리가 일어났습니다. 집집에서 바구니나 치룽[7]을 들고 나오는 사람마다 칠성이 집 칠성이 집 하고 이리로만 몰려왔습니다.

"아이그, 이 집이 칠성이라는 학생 아이 집이라지?"

"아마 저기 수판[8]을 들고 서 있는 저 애가 칠성이란 학생인가 보오. 생기기도 착하게 생겼는걸."

"그러게 말이에요. 우리는 언제든지 이 집에서만 살 터이야요."

"우리도 그렇다우. 누가 그 말을 듣고도 여기서 안 사오겠소."

참말로 장꾼[9] 모이듯 이리로만 모여들어서 이루 돈 받고 물건을 팔 수가 없을 지경이었습니다. 그래 가게에 있던 물건은 눈 깜짝할 동안에 다 팔려 없어져서 사려다가 사지 못하고,

"내일 올 터이니 물건을 많이 갖다 놓고 파십시오."
하고 일러두고 가는 이가 더 많았습니다.

그날 저녁에 칠성이 아버지는 칠성이를 데리고 명환이 집에 찾아와서 명환이 아버지보고 이런 말씀을 하셨습니다.

"하나도 사러 오지 않던 이들이 어쩐 일로 오늘은 모두 우리 가게로만 몰려오나 하였더니 나중에 알고 보니까 댁의 어린 자제가 광고지를 박혀 돌려주서서 그것들을 보고 불쌍하다고 그렇게 우리 가게로만 오시게 되었습니다그려…… 참말로 무어라고 인사를 여쭈어야 할는지…… 참말 저희 집안은 인제 다시 살아나게 되었습니다."

그날 밤 신문에 '동무를 위하는 소년의 열정! 세상에도 듣기

어려운 우애 미담'이라고 크게 제목을 붙이고 칠성이의 사정 이야기와 명환이가 한 일이 자상히 자상히 씌어 있었습니다. 그리고 한 가지 새로이 놀랄 일은 칠성이가 그동안 병든 어머님의 약값을 벌기 위하여 밤마다 밤마다 열흘째 만주[10]를 팔러 다녔다는 사실까지 씌어 있었습니다.

그것은 이 동리에 신문사에 다니는 기자가 있었는데 그 집에도 새벽에 명환이가 선전지를 넣었던 고로, 기자가 그것을 읽고 놀라서 곧 자상한 일을 조사를 하여 간 까닭이었습니다.

이튿날 학교에서는 교장선생님과 모든 선생님들이 신문에 난 것을 보고 깜짝깜짝 놀라셨습니다. 그리고 곧 그날 오후로 두 모범 학생의 포상식을 크게 열고 우리 학교의 자랑이요, 귀중한 보배라고 칭찬하면서 언해[11] 한 권씩과 벼루합 하나씩을 주었습니다.

*

그 후 한 달이 못 되어, 큰 가게는 영 팔리지 않는 고로 다른 동리로 옮겨가버렸고, 명환이와 칠성이는 어느 때든지 어깨를 나란히 하여 정다운 걸음으로 학교에 다녔습니다.

『어린이』, 1927. 2.

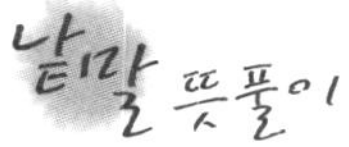

1 비웃: '청어'를 달리 이르는 말. 두름: 명태나 그 밖의 물고기 스무 마리를 한 단위
  로 이르는 말.

2 숯을 담은 섬. *섬: 주로 낟알을 담기 위하여 짚으로 엮어서 가마니보다 크기 만
  든 물건.

3 헤다: 세다.

4 갖추다. 갖다.

5 다니는 큰 길.

6 등사기. 쓰거나 타자한 등사지를 대고 종이에 찍는 기구.

7 채그릇의 한 가지. 채롱 비슷한데 뚜껑이 없다. *채롱: 싸리개비나 버들가지 같은
  것으로 결어서 함 모양으로 만든 그릇. 안팎에 종이를 발라서 쓴다.

8 (동양에서) 막대에 꿴 구슬을 이용하여 수를 계산하는 데에 쓰는 도구. 주판.

9 장에 모여 물건을 팔고 사는 사람.

10 만두.

11 한문을 우리말로 번역한 책.

만년 샤쓰

방정환

그는 샤쓰도 적삼도 아무것도 안 입은 벌거숭이 맨몸에었다.
선생은 깜짝 놀라고 학생들은 깔깔 웃었다. "한창남!! 왜 샤쓰를 안 입었니?" "없어서 못 입었습니다."
그때 선생의 무섭던 눈에 눈물이 돌았다. 그리고 학생들의 웃음도 갑자기 없어졌다.

1

박물(博物) 시간이었다.

"이 없는 동물이 무엇인지 아는가?"

선생이 두 번씩 거푸 물어도 손 드는 학생이 없더니 별안간,

"넷!"

소리를 지르면서 기운 좋게 손을 든 사람이 있었다.

"음, 창남(昌男)인가, 어디 말해보아."

"이 없는 동물은 늙은 영감입니다!"

"예엣기!"

하고 선생은 소리 질렀다.

온 반 학생이 깔깔거리고 웃어도 창남이는 태평으로 자리에

앉았다.

수신(修身) 시간이었다.

"성냥 한 개피의 불을 잘못하여 한 동리 삼십여 집이 불에 타 버렸으니 단 성냥 한 개의 성냥이라도 무섭게 알고 주의해 써야 되는 것이니라."

하고 열심히 설명해준 선생님이 채 교실 문밖에도 나아가기 전에,

"한 방울씩 떨어진 빗물이 모이고 모이어 큰 홍수가 난 것이니 누구든지 콧물 한 방울이라도 무섭게 알고 주의해 흘려야 하느니라."

하고 크게 소리친 학생이 있었다.

선생님은 그것을 듣고 터져 나오는 웃음을 억지로 참으면서 돌아서서,

"그게 누구냐—아마 창남이가 또 그랬지?"

하고 억지로 눈을 크게 떴다. 모든 학생들은 킬킬거리고 웃다가 조용해졌다.

"네, 선생님 안 계신 줄 알고 제가 그랬습니다. 이담엔 안 그러지요."

병정같이 우뚝 일어서서 말한 것은 창남이였다.

억지로 골낸 얼굴을 지은 선생님은 기어코 다시 웃고 말았다. 그래 아무 말 없이 빙그레 웃고는 그냥 나가버렸다.

“아하하하하.”

학생들은 일시에 손뼉들을 치면서 웃어대었다.

○○고등보통학교[2] 1학년의 을(乙)반 창남이는 반 중에 제일 인기 좋은 쾌활한 소년이었다. 이름이 창남이요, 성이 한가인 고로 안창남씨와 같다고 학생들은 모두 그를 보고 비행가 비행가 하고 부르는데 사실상 그는 비행가같이 시원스럽고 유쾌한 성질을 가진 좋은 소년이었다.

모자가 다 해어져도 새것을 사 쓰지 않고 양복 바지가 해어져서 궁둥이에 조각조각을 붙이고 다니는 것을 보면 집안이 구차한 것도 같지만, 그렇다고 단 한 번이라도 근심하는 빛이 있거나 남의 것을 부러워하는 눈치도 없었다.

남이 걱정이 있어 얼굴을 찡그릴 때에는 우스운 말을 잘 지어내고 동무들이 곤란한 일이 있는 때에는 좋은 의견도 잘 꺼내는 고로 비행가의 이름은 더욱 높아졌다.

연설을 잘하고 토론을 잘하는 고로, 갑(甲)반하고 내기를 할 때에는 언제든지 창남이 혼자 나아가 이기는 셈이었다.

그러나 그의 집이 정말 가난한지 넉넉한지 아무도 아는 사람이 없었고, 또 그의 집이 어디인지도 아는 사람이 없었다.

아무도 그 가는 쪽으로 가는 학생이 없었고, 가끔 그 뒤를 쫓아가보려고도 하였으나 모두 중간에서 실패하고 말았다. 왜 그런고 하니 그는 날마다 20리 밖에서 학교를 다니는 까닭이었다.

그는 다른 우스운 말은 가끔가끔 하여도 자기 집안일이나 자기 신상에 관한 이야기는 말하는 법이 없었다. 그것을 보면 입이 무거운 편이었다.

그는 입과 같이 궁둥이가 무거워서 철봉에서는 잘 넘어가지 못하여 늘 체조 선생께 흉을 잡혔다.

하학한 후에 학생들이 다 돌아간 후에도 혼자 남아서 철봉에 매어달려 땀을 흘리면서 혼자 연습을 하고 있는 것을 동무들은 가끔 보았다.

"이 애, 비행가가 하학한 후에 혼자 남아서 철봉 연습을 하고 있더라."

"땀을 뻘뻘 흘리면서 혼자 애를 쓰더라."

"그래 인제는 좀 넘어가든?"

"웬걸, 한 이백 번이나 넘어 연습을 하면서 그래도 혼자 못 넘어가더라."

"그래 맨 나중에는 자기가 자기 손으로 그 누덕누덕 기운 궁둥이를 자꾸 때리면서 '궁둥이가 무거워, 궁둥이가 무거' 하면서 가더라!"

"자기가 자기 궁둥이를 때려?"

"그러게 괴짜지……."

"아하하하하하하."

모두 웃었다.

어느 모로든지 창남이는 반 중의 이야깃거리가 되는 몸이었다.

2

겨울도 겨울, 몹시도 추운 날이었다.

혹혹 부는 이른 아침에 상학종은 치고 공부는 시작되었는데 한 번도 결석한 일이 없는 창남이가 이날은 오지 않았다.

"호외[3]일세 호외야! 비행가가 결석을 하다니."

"엊저녁 그 무서운 바람에 어디로 날아간 게지."

"아마 병이 났나부다. 감기가 든 게지."

"이놈아, 능청스럽게 아는 체 말아라."

1학년 을반은 창남이 소문으로 소곤소곤 야단들이었다.

첫째 시간이 반이나 넘어 지났을 때, 교실 문이 덜컥 열리고 창남이가 얼굴이 새빨개가지고 들어섰다.

학생과 선생은 반가워하면서 웃었다. 그러고 그들은 창남이의 신고 서 있는 구두를 보고 더욱 크게 웃었다.

그의 오른편 구두는 헝겊으로 싸매고 또 새끼로 감아 매고 또 그 위에 손수건으로 싸매고 하여 퉁퉁하기 짝이 없었다.

"창남아, 오늘은 웬일로 늦었느냐?"

"네."

하고 창남이는 그 괴상한 퉁퉁한 구두 신은 발을 번쩍 들고,

"오다가 길에서 구두가 다 떨어져서 너털거리는 고로, 새끼를 얻어서 고쳐 신었더니 또 너털거리고 또 너털거리고 해서 여섯 번이나 제 손으로 고쳐 신고 오느라 늦어졌습니다."

그러고도 창남이는 태평이었다. 그 시간이 끝나고 쉬는 동안에 창남이는 그 구두를 벗어 들고 다 해어져서 너털거리는 주둥이를 손수건과 대님짝으로 얌전스럽게 싸매어 신었다. 그러고도 태평이었다.

따뜻한 날도 귀찮아하는 체조 시간이 이렇게 살이 터지게 추운 날 있었다.

"어떻게 이렇게 추운 날 체조를 한담."

"또 그 무섭고 딱딱한 선생이 웃통을 벗으라 하겠지…… 아이그, 아찔이야."

하고 싫어하는 체조 시간이 되었다.

원래 군인 다니던 성질이라 뚝뚝하고 용서심 없는 체조 선생이 호령을 하다가 그 괴상스런 창남이의 구두를 보았다.

"한창남! 그 구두를 신고도 활동할 수 있니? 뻔뻔하게."

"네, 얼마든지 할 수 있습니다. 이것 보십시오."

하고 창남이는 시키지도 않는 뜀도 뛰어 보이고 달음박질도 하여 보이고 답보[4]도 부지런히 해 보였다.

체조 선생도 어이가 없던지,

"음! 상당히 치료해 신었군!"

하고 말았다. 그리고 다시 호령을 계속 하였다.

"전열(前列)[5]만 3보 앞으로—웃!!"

"전후열 모두 웃옷 벗엇!!!"

3

죽기보다 싫어도 체조 선생의 명령인지라 온 반 학생이 일제히 검은 양복저고리를 벗고 샤쓰[6]만 입은 채로 서 있고 선생까지 벗었는데 다만 한 사람 창남이가 벗지를 않고 있었다.

"한창남!! 왜 웃옷을 안 벗니?"

창남이의 얼굴은 푹 수그러지면서 빨개졌다. 그가 이러기는 참말 처음이었다.

한참 동안 멈칫멈칫하다가 고개를 들고,

"선생님 만년 샤쓰도 좋습니까?"

"무엇? 만년 샤쓰? 만년 샤쓰란 무어야?"

"매 매 맨몸 말씀입니다."

성난 체조 선생은 당장에 후려갈길 듯이 그의 앞으로 뚜벅뚜벅 걸어가면서,

"벗어랏!!"

호령하였다.

창남이는 양복저고리를 벗었다.

그는 샤쓰도 적삼도 아무것도 안 입은 벌거숭이 맨몸이었다. 선생은 깜짝 놀라고 학생들은 깔깔 웃었다.

"한창남!! 왜 샤쓰를 안 입었니?"

"없어서 못 입었습니다."

그때 선생의 무섭던 눈에 눈물이 돌았다. 그리고 학생들의 웃음도 갑자기 없어졌다. 가난! 고생! 아아 창남이의 집은 그렇게 몹시 구차하였던가…… 모두 생각하였다.

"창남아, 정말 샤쓰가 없니?"

눈물을 씻고 다정히 묻는 소리에,

"오늘하고 내일만 없습니다. 모레는 인천서 형님이 올라와서 사줍니다."

"음! 그럼 웃옷을 다시 입어라!"

체조 선생은 다시 물러서서 큰 소리로,

"한창남은 오늘은 웃옷을 입고 해도 용서한다. 그리고 학생 제군에게 특별히 할 말이 있으니 제군은 다 한창남군같이 용감한 사람이 되란 말이다. 누구든지 샤쓰가 없으면 추운 것은 둘째요, 첫째 부끄러워서 결석이 되더라도 학교에 오지 못할 것이다. 그런데 오늘같이 제일 추운 날 한창남군은 샤쓰 없이 갠몸, 으응, 즉 그 만년 샤쓰로 학교에 왔단 말이다. 여기 서 있는 제군 중에는 샤쓰를 둘씩 포개 입은 사람도 있을 것이요, 재킷까지 외투까지 입고 온 사람이 있지 않은가…… 물론 맨몸으로 오는 것이 예의는 아니야, 그러나 그 용기, 의기가 좋단 말이다. 한창남군의 의기는 일등이다. 제군도 다 그 의기를 배우란 말야.”

만년 샤쓰! 비행가란 말도 없어지고 그날부터 만년 샤쓰라는 말이 온 학교 안에 퍼져서 만년 샤쓰라고만 부르게 되었다.

4

그 다음 날은 만년 샤쓰 창남이가 늦게 오지 않았건만 그가 교문 근처에까지 오자마자 온 학교 학생이 허리가 부러지게 웃기 시작하였다.

창남이가 오늘은 양복 웃저고리에 바지는 어쨌는지 알따랗고 해어져 뚫어진 조선 겹바지를 입고 버선도 안 신고 맨발에 짚신을 끌고 뚜벅뚜벅 걸어온 까닭이었다.

맨 가슴에 양복저고리. 위는 양복저고리, 아래는 조선 바지(그나마 다 뚫어진 겹바지), 맨발에 짚신 그 꼴을 하고 20리 길을 걸어왔으니 행길에서는 오죽 웃었으랴…… 그러나 당자[7]는 태평이었다.

"고아원 학생 같으니, 고아원야."

"밥 얻어먹으러 다니는 아이 같구나."

하고들 떠드는 학생들 틈을 헤치고 체조 선생이,

"무슨 일인가?"

하고 들여다보다가 창남이의 그 꼴을 보고 놀랐다.

"너는 양복바지를 어찌했니?"

"없어서 못 입고 왔습니다."

"어째 그렇게 없어지느냐, 날마다 한 가지씩 없어진단 말이냐?"

"네! 그렇게 하나씩 둘씩 없어집니다."

"어째서?"

"네……."

하고 창남이는 침을 삼키고서,

"그저께 저녁에 바람이 몹시 불던 날, 저희 집 동리에 큰 불이 나서 저희 집도 반이나 넘어 탔어요. 그래서 모두 없어졌습니다."

들기에 하도 딱해서 모두 혀끝을 찼다.

"그렇지만 양복바지는 어저께도 입고 있지 않았니? 불은 그저께 나고……."

"네, 저희 집은 반만이라도 타다가 남아서 세간도 더러 건졌지만 이웃집이 십여 호나 모두 타버린 고로 동리가 야단들이에요. 저는 어머니하고 단 두 식구만 있는데 집은 반이라도 남았으니까 먹고 잘 것은 넉넉해요. 그런데 동리 사람들이 먹지도 못하고 자지도 못하게 되어서 야단이에요. 그래 저희 어머니께서는 '우리들은 먹고 잘 수가 있으니까 벌거벗는 것만 면하면 살 수가 있으니 두 식구가 당장에 입을 것 한 벌씩만 남기고는 모두 길거리에 떨고 있는 동리 사람들께 나눠드리라' 하시는 고로 어머니 옷, 제 옷을 모두 동리 어른들께 드렸답니다. 그러구 양복바지는 주지 않고 제가 입고 있었는데 저희 집 옆에서 숯 장사 하던 영감님이 병든 노인인 고로, 하도 춥다 하니까 보기에 딱해서 어제 저녁에 마저 벗어주고, 저는 가을에 입던 해진 겹바지를 꺼내 입었습니다."

모든 학생들은 죽은 듯이 고요하고 고개들이 말없이 수그러졌다. 선생님도 고개를 숙였다.

"그래 너는 네가 입을 샤쓰까지 버선까지 다 벗어주었단 말이냐?"

"아니요, 버선과 샤쓰만은 한 벌씩 남겼었는데 저희 어머니가 입었던 옷은 모두 남에게 주어놓고 앉아서 추워서 발발 떠시는 고로, 제가 '어머니 제 샤쓰라도 입으실까요?' 하니까 '네 샤쓰도 모두 남 주었는데 웬 것이 두 벌씩 남아 있겠니?' 하시는 고로, 저는 제가 입고 있는 것 한 벌뿐이면서도 '네, 두 벌 남았으니 하나는 어머니 입으시지요' 하고 입고 있던 것을 어저께 아침에 벗어드렸습니다. 그러니까 '네가 먼 길에 학교 가기 추울 터인데 둘을 포개 입을 것을 그랬구나' 하시면서 받아 입으셨어요. 그러고 하도 발이 시려 하시면서 '이 애야, 창남아, 너 버선도 두 켤레가 있느냐?' 하시기에 신고 있는 것 한 켤레뿐이건만 '네, 두 켤레올시다. 하나는 어머니 신으시지요' 하고 거짓말을 하고 신었던 것을 어제 저녁에 벗어드렸습니다. 저는 그렇게 어머니께 거짓말을 하였습니다. 나쁜 일인 줄은 알면서도 거짓말을 하였습니다. 오늘도 아침에 나올 때에 '이 애야, 오늘같이 추운 날 샤쓰를 하나만 입어서 춥겠구나. 버선을 잘 신고 가거라' 하시기에 맨몸 맨발이면서도 '네, 샤쓰도 잘 입고 버선도 잘 신었으니까 춥지는 않습니다' 하고 속이고 나왔어요. 저는 거짓말쟁이가 되었습니다."

하고 창남이는 고개를 숙였다.

"그러나 네가 거짓말을 하더라도 어머니께서 너의 벌거벗은 가슴과 버선 없이 맨발로 짚신 신은 것을 보시고 아실 것이 아니냐?"

"아아, 선생님……."

하는 창남이의 소리는 우는 소리같이 떨렸다. 그리고 그의 수그린 얼굴에서 눈물방울이 뚝뚝 그의 짚신코에 떨어졌다.

"저희, 저희 어머니는 제가 여덟 살 되던 해에 눈이 머셔서 보지를 못하고 사신답니다."

체조 선생의 얼굴에도 굵다란 눈물이 흘렀다. 와글와글하던 그 많은 학생들이 자는 것같이 고요하고 훌쩍훌쩍 훌쩍거리며 우는 소리만 여기서 저기서 조용히 들렸다.

『어린이』, 1927. 3.

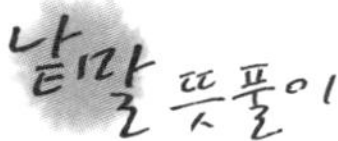

1 박물학 과목. *박물학: 동물학·식물학·광물학 같은 것을 통틀어 이르는 말.
2 일제 강점기의, 중학교와 고등학교 과정이 이어져 있었던 학교.
3 예기치 못한 사건을 알리기 위해 임시로 발행하는 신문.
4 제자리걸음.
5 앞의 열.
6 '셔츠'로 표기하는 것이 맞지만 「만년 샤쓰」라는 제목이 널리 알려져 있고 작품의 분위기를 살리는 데 도움이 된다고 판단하여 '샤쓰'라는 표기를 그대로 사용하였다 (엮은이).
7 당사자. 바로 그 사람이나 그 일을 당한 사람.

1+1=?

방정환

"1에 1을 더하면 왜 2가 되는지 아는 사람은 손 들어봐!"하고 물었습니다.

그러나 학생들은 서로 얼굴만 쳐다볼 뿐이지, 손 드는 사람은 하나도 없었습니다.

창복이도 그 까닭을 몰랐습니다. 그리고 보통학교에서는 그저 1에 1을 더하면 2가 되는 줄만 알았지,

왜 2가 되느냐는 그 이유는 배우지도 않고 말도 없었던 것입니다.

1

창복(昌福)이는 금년 3월에 ○○보통학교를 졸업하고 4월에 ××고등보통학교에 입학하였습니다.

××고등보통학교라면 서울서도 제일로 꼽는 학교일 뿐 아니라 그전부터 늘 다니고 싶고 다니려던 학교라 창복이는 평생 소원을 이룬 것 같아서 한이 없이 기쁘고 좋았습니다. 그러나 그렇게 기쁘고 좋은 중에도 고등보통학교는 보통학교보다는 모든 것이 훨씬 어렵고 규칙이 몹시 엄중하다는 말을 일상 듣던 터라 한편으로 두렵고 무서운 생각도 없지 않았습니다.

그래 창복이는 기쁘고 두려운 생각에 가슴이 벌렁벌렁거리는 것을 억지로 참고 학교에 갔습니다.

학교 마당에는 이번에 자기와 같이 새로 입학한 학생들이 군데군데 모여 서서 무엇인지 저희끼리 수군수군하고 있었습니다. 8시 30분부터 9시까지 30분 동안 호흡 체조가 끝나자 첫 시간은 산술이었습니다. 산술 같은 것은 소학교에서도 많이 해 보고 또 교과서를 보면 덧셈부터 시작한다 하니까, 창복이는 덧셈 같은 것이야 만(萬)이고 억(億)이고 무섭지 않다 하고 마음을 턱 놓고 교실로 들어갔습니다. 보통학교 같으면 떠드는 동무가 꽤 많으련만 고등보통학교라 그런지 떠드는 동무가 하나도 없고, 모두 그려놓은 사람처럼 가만히 고요히 앉아서 칠판만 쳐다보고 있었습니다. 선생님이 들어왔습니다. 급장(級長)[1]이 경례를 불렀습니다. 선생님은 머리를 까딱하며 경례를 받더니,

"너희들은 오늘부터 중학생이 되었으니까 중학생답게 모든 것을 잘하지 않으면 안 된다."

하고 간단히 훈계를 하고 나서 그 작고도 암팡진 몸집을 돌이키며 칠판에다가,

$$1+1=$$

이라고 써놓았습니다. 그러더니,

"이 덧셈을 아는 학생은 손 들어봐."

하고 학생들을 내려다보았습니다. 학생들은 선생님이 신입생을

너무도 멸시하는 듯이 생각했습니다. 1에 1을 더하면 2가 되는 줄이야 누가 모르겠습니까? 소학교 1년생도 아는 것을……. 학생들은 속으로,

　‘생도들을 너무 바보로 취급하는구나’

하고 일제히 손을 들었습니다. 선생님은 출석부를 들추더니,

　“김수남(金壽男)! 이리 나와 해봐!”

하고 수남이를 지명했습니다. 뚱뚱하고 얼굴 거무테테한 수남이는 우습다는 듯이 빙글빙글 웃으며 칠판 앞에 나아가 댓바람 ‘2’라고 써놓고 자리에 돌아왔습니다. 그러니까 선생님은 다시 “김수남” 하고 불러 일으키더니,

　“1에 1을 더하면 어째 2가 돼?”

하고 다시 물었습니다. 학생들은 모두 웃었습니다. 선생님은 웃지도 않고 가장 점잖은 태도로 학생들을 두루두루 살피는 바람에 학생들은 얼른 웃음을 그치고 교실은 다시 엄숙해졌습니다. 수남이는 벌떡 일어나서,

　“1과 1인 고로 2가 됩니다.”

하였습니다. 선생님은,

　“그러면 왜 2가 되느냐 말이야, 그 이유를 말하란 말이야!”

하고 채처[2] 물었습니다. 수남이는,

　“옛적부터 그렇게 작정해오는 것이기 때문입니다.”

하고 대답하였습니다. 그러니까 선생님은 또,

“그러면 옛적부터 왜 그렇게 작정해왔나?”

하고 물었습니다. 그래 수남이는,

“1과 1인 고로 그렇게 작정되어왔습니다.”

하고 갑갑하다는 듯이 머리를 긁었습니다.

“같은 말을 자꾸 하면 안 돼!”

하고 선생님은 웃었습니다. 학생들도 따라서 킥킥 웃었습니다. 선생님은 갑자기 다시 점잖은 얼굴로,

“수남이는 그만 자리에 앉아!”

하고 다른 학생들에게,

“1에 1을 더하면 왜 2가 되는지 아는 사람은 손 들어봐!”

하고 물었습니다. 그러나 학생들은 서로 얼굴만 쳐다볼 뿐이지, 손 드는 사람은 하나도 없었습니다. 창복이도 그 까닭을 몰랐습니다. 그리고 보통학교에서는 그저 1에 1을 더하면 2가 되는 줄만 알았지, 왜 2가 되느냐는 그 이유는 배우지도 않고 말도 없었던 것입니다.

‘고등보통학교에 오니까 별 거북한 이론이 다 많구나.’

하고 좀 무서운 생각도 났습니다. 그러자 한 학생이 손을 들고 벌떡 일어났습니다. 그는 익살맞게 생긴 윤복돌(尹福乭)이란 학생이었습니다.

“선생님 2에서 1을 빼면 1이 남지 않습니까, 그러니까 1에다 1을 더하면 2가 되지요.”

“그러면 왜 2에서 1을 빼면 1이 남느냐 말이야?”
하고 선생님은 또 물었습니다.

“그것은 1과 1을 더하면 2가 되는 까닭으로요.”
하고 대답하니까,

“그러면 글쎄 왜 1에 1을 더하면 2가 되느냐 말이야?”

“글쎄 그것은 2에서 1을 빼면 1이 남으니까 그렇다니까요.”
하고 복돌이는 성가신 듯이 불쾌하게 대답했습니다.

선생님도 성가신 듯이,

“그것은 밤낮 마찬가지 말이 아니냐, 1에 1을 더하면 왜 2가
되는지 그 이유를 아는 사람이 그래 없어?”
하고 일반[3]에게 다시 물었습니다. 복돌이도 머리를 긁으며 제
자리에 앉았습니다. 학생들은 모두 눈만 멀뚱멀뚱하고 앉아서
대답을 못하였습니다.

2

선생님은 다시,

“그러면 1이라는 것은 무엇인지 아는 학생은 손을 들어봐!”
하였습니다. 복돌이는 즉시 손을 들고 일어나서,

“글자올시다.”

하고 대답했습니다. 그러니까 선생님은 칠판에 써놓은 글자를
북북 지워버리더니,

"자 이렇게 지워도 1이라는 것이 글자일까?"

하였습니다. 복돌이는 또 햇족[4] 웃고 일어나더니,

"그러면 말이올시다."

하니까 선생님은,

"그러면 말 하나에 말 하나를 더하면 말이 둘(2)이 되겠니?"

하고 빙긋 웃었습니다. 복돌이는 얼른,

"그렇지요."

하고 앉으니까 선생님도 우스워서 못 견디겠는지 손으로 입을
가리고 한참 웃더니 억지로 참고 나서,

"지금은 국어 시간이 아니야, 수학 시간이야. 말 배우는 시간
은 있다가 있어."

하고 말했습니다. 그러자 수남이가 일어서더니,

"1은 수올시다."

하였습니다. 선생님은 또,

"그러면 수라는 것은 무엇이냐?"

하고 되물었습니다.

"하나, 둘, 셋 하고 세는 것이올시다."

"그러면 센다는 것은 무엇이야?"

"모르겠습니다."

하고 수남이는 펄썩 주저앉았습니다. 학생들은 웃었습니다. 그러나 퍽도 괴로웠습니다. 창복이도 괴롭고 답답했습니다. 만일,

'나에게 물으면 어떻게 대답하노?'

하고 창복이는 크게 염려하고 있는데 선생님은 다시,

"그러면 1이라는 물건이 세상에 있는 것이냐? 없는 것이냐? 있다고 생각하는 사람은 손 들어봐라!"

하였습니다. 그러나 복돌이가 또 발딱 일어서더니,

"있습니다."

하고 대답했습니다. 선생님은,

"어디 있노?"

"1인 고로 있습니다. 무엇이든지 1은 1입니다."

선생님은 또,

"그러면 무엇이든지 1은 1이란 말이지. 만두 하나라면 만두 하나, 연필 하나라면 연필 하나, 사람 하나라면 사람 하나. 1은 1이지. 그래, 그럼 그 이유로 그를 둘로 짜개면 0.5가 되지! 그렇지만 만일 사람 하나를 둘로 짜개면 죽어 없어져서 0.5도 못 되지 않니? 자아 그러면 1이라고 하는 것이 이 세상에 없다고 생각하는 사람은 손 들어봐라!"

하였습니다. 그러니까 이번에는 바늘 꼬챙이같이 빼빼 마른 팔팔이란 학생이 냉큼 일어나더니,

"없다고 생각합니다. 세상에 있는 물건은 무엇이든지 하나라

든가 한 장이라든가 한 자루라든가 하는데 1이라고 하는 것은 그것을 줄여서 말하는 것입니다.”

하고 대답했습니다.

선생님은 또 빙글빙글 웃으며

“한 자루, 한 장, 한 개를 줄인 것이 1이란 말이지…… 퍽 꾀 있는 대답이로구나. 그러면 이것은 무엇을 줄인 것이냐?”

하고 선생님은 칠판에다 ‘금일(金一)’이라고 써놓고,

“그러면 이것은 금 일 원(金一圓)을 생략한 것이냐, 금 일 전(金一錢)을 생략한 것이냐?”

하고 물었습니다.

팔팔이도 그만 머리를 북북 긁으며 주저앉았습니다. 학생들은 모두 웃었습니다. 그러나 선생님은 웃지도 않고 가장 점잖은 태도로,

“그래 1이란 것이 세상 가운데 있는 것인지 없는 것인지 말할 사람이 없어?”

하고 채처 물었으나 대답하는 학생이 없었습니다.

3

선생님은 다시 교단 복판에 가서 딱 버티고 서더니,

"그러면 내가 말하지."

하고 기침을 한 번 콱 하며 말끝을 꺼냈습니다.

"1이라고 하는 것은 분명히 세상에 있는 것이다. 그러나 이것은 글자도 아니고 말도 아니며 따라서 보이지도 않는 것이다. 다만 사람의 머리 가운데 있는 것인데 그 생각을 조선 사람은 '하나'라 하고 일본 사람은 '이치'라 하고, 영국 사람은 '원'이라 하고, 중국 사람은 '이'라 하고, 독일 사람은 '아인'이라 하고, 러시아 사람은 '아진'이라 하여 말로 나타내며 글로 나타낼 뿐인데, 사람은 누구나 천치가 아니고 미치광이가 아닌 이상 아무리 야만인이라도 그 머리 가운데에는 1이라고 하는 수의 관념은 죄다 있는 것이다. 1뿐 아니라 2든지 3이든지 그것이 다 머리 가운데에 있는 것이다. 이것을 '수의 관념'이라 한다. 그러면 왜 1에 1을 더하면 2가 되느냐 하면 이것은 애초부터 1에 1을 더하면 2가 된 것이 아니라 사람들의 생각과 마음으로 그것을 2로 만든 것이다. 옛적 몇 만 년 옛적 사람이 이 지구에 생겼을 때부터 약속하기를 1에 1을 더하면 2가 된다 하기로 하였다. 이것이 곧 사람들의 자연의 약속이다. 그리하여 조선 사람은 '둘'이라 하고, 일본 사람은 '후타쓰'라 하고, 영국 사람은 '투'라 하고, 중국 사람은 '얼'이라 하고, 러시아 사람은 '드바'라 하고, 독일 사람은 '츠바이'라고 말로 글로 표시해온 것이다. 이 2라고 하는 것도 사람의 머리 가운데에 있는 '수의 관

넘'인데 1에 1을 더하면 2가 된다는 약속을 공리(公理)라 하는 것이다. 만일 1에 1을 더하면 3이라고 하면 이는 사람들의 약속을 깨뜨리는 반역자라 하여 용서치 않는 것이다. 그런 고로 아주 어긋나 틀리는 산술을 하는 사람은 인간의 공리를 깨치는[5] 죄인이 될 것이다."

하고 말하였습니다.

선생님의 말이 끝나자 하학종 치는 소리가 땡땡 하고 울렸습니다. 선생님은 경례를 받으며 출석부를 가지고 나갔습니다. 아이들도 운동장으로 밀려 나가며,

"중학교 산술은 뻥뻥한걸!"

하고 떠들었습니다.

『어린이』, 1927. 4.

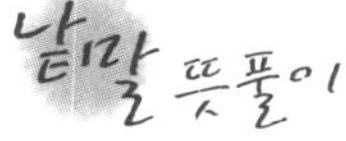

낱말 뜻풀이

1 한 학급을 대표하는 사람, 지금의 반장 또는 회장.
2 채치다: ① 채찍 같은 것으로 갈기거나 때리다. ② 주로 '채쳐 묻다' 꼴로 쓰여 몹시 재촉하다. 여기서는 ②의 뜻.
3 전체 학생들.
4 해죽. 살며시 귀엽게 한 번 웃는 모양.
5 깨뜨리는.

눈물의 은메달

연 성 흠

오늘날까지 한날 한시도 잊지 않고 생각하던 동무가 위독하다는 전보를 읽고 이같이
놀라는 것도 당연한 일일 것이다. 수남은 전보를 구겨 든 채 큰아버지 방으로 뛰어 들어가서
전보를 보여드린 뒤에 여가를 얻어가지고 한달음에 정거장으로 뛰어갔다.

1

명길(命吉)이는 다른 날보다 기운이 퍽 나아진 것 같았다. 수남(壽男)이가 명길의 병실로 들어가니까 이야기도 재미있게 하고 그 얼굴에는 기쁜 빛이 넘쳐 있었다.

살은 몹시 말랐을망정 그 하얗게 세다[1] 시피한 얼굴에는 기뻐하는 빛이 떠돌고 두 뺨은 퍽도 불그레하였다. 참말로 더 귀여워 보였다.

"애, 명길아! 오늘은 좀 나은 모양 같구나."

"아! 수남이냐? 오늘은 기쁜 일이 있어서…… 어서 수남이가 왔으면 하고 기다리던 판에 잘 왔다."

"기쁜 일이라니 대관절 무슨 일이냐?"

수남이도 명길이가 이같이 좋아하는 것을 보고 마음이 기뻐서 자리 앞으로 가까이 갔다.

"저, 거시기 다른 게 아니라 요전번에 너더러 보내달라고 부탁한 「병상일기(病床日記)」 있지 않으냐? 그것이 이번 ○월호에 뽑혔겠지."

명길이는 머리맡에 놓아두었던 『어린이』잡지 ○월호를 집어서 수남이에게 주었다.

"무엇? 병상일기가 뽑혔어? 참 좋구나."

수남은 제 것이 뽑힌 것이나 같이 기뻐하였다. 파리한 손으로 곱게곱게 넘기어 찾아낸 독자문단란(讀者文壇欄)에는 명길의 「병상일기」가 제일 첫째 입상(入賞)으로 실리어 있었다.

"아이구, 첫째로 입상이 되었구나?"

수남이의 눈은 책장 위로 쏠리었다.

×월 ×일

오늘도 비가 온다. 오랫동안 병상에 누워서 듣는 빗소리만치 쓸쓸스러운 것이 또 어디 있으랴. —더구나 누구 하나 와서 들여다보는 사람조차 없다. —아니 그것은 내 병이 이상한 병이기 때문에 날 찾아오는 사람을 내가 막아야겠으니까 내 가슴이 더 아프다. 아, 동무를 사랑하면 사랑할수록 멀리하지 아니하면 안 될 처지에 있으니……

이 같은 생각을 하면서 눈물을 흘리고 있는 판에 수남이가 찾아왔다. 참말로 반가웠다. 친한 동무나 친하지 않은 동무나 누구나 할 것 없이 오지 않는 것이 좋다는 말에 옳다구나 하고 대문 밖에도 찾아오지 않는 요즘에도 수남이만은 내가 병을 앓기 전보다도 더 자주 찾아와서 위로해주었다. 아! 참으로 진실한 동무다.

"수남아 벌써 가려니?"

"무어 벌써 가다니? 오늘은 공일²이 아니냐?"

하고 수남이는 깔깔 웃었다. 공일까지 잊어버리도록 앓는 몸이야말로 참으로 섧다.

아직도 두서너 줄이 남았으나 수남이는 그 아래를 더 계속하여 읽지 못하였다. 참고 참았던 눈물이 쉴 새 없이 흘렀다.

"명길아! 명길아!"

하고 수남이는 저고리 소매로 눈물을 씻으면서 오른손으로 명길의 손을 힘 있게 잡았다.

"애! 수남아 수남아! 안 된다 안 된다, 내 손을 붙잡으면 안 된다……."

하면서 명길이는 손을 뿌리치려 하였다. 그러나 수남이는 놓지 아니하였다.

“왜 안 된단 말이냐? 응! 왜 안 돼? 너는 밤낮 병을 그렇게 무서워하기 때문에 도무지 낫질 않는 것이다.”

하고 꾸짖듯이 목소리를 높여 말하면서 더 힘 있게 손목을 잡았다. 그리고 다시 말을 이어,

“오늘날같이 진보된 의학을 가지고는 반드시 나을 수가 있는 것이다. 낫지 못할 병에 걸렸다고 걱정하던 때는 옛날이다. 자, 앞으로도 오늘같이 기운을 내어야 한다. 알아듣겠니? 명길아!”

하고 억지로 얼굴에 웃는 빛을 띠었다. 그리고 이제는 다른 이야기를 해야겠다고 가만히 속으로 생각하고 앉았다.

명길이는 너무도 마음에 감동이 되어서 말도 나오지 않는 것같이 고개만 두서너 번 끄덕끄덕하더니 더운 눈물을 방울방울 떨어뜨렸다.

마침 그때 누이가 얼음에 채운 좁쌀 미음을 대접에 담아가지고 들어왔다.

“이 애야, 퍽 덥겠다. 자! 이것을 한 그릇 먹어라.”

명길이는 받아 들고 한 모금 들이켜더니,

“아! 시원하다!”

하고 수남이를 바라다보며 빙그레 웃더니 남은 것을 마저 들이마셨다. 뒤뜰을 넘어 들어오는 서늘한 바람이 유리창 가리는 흰 커튼을 흔들었다.

“얘 수남아! 메달은 어느 날쯤 오겠니?”

하고 명길이는 말하였다. 은빛이 찬란한 메달을 갖고 싶어하는 생각이 그 힘없는 두 눈에 역력히 숨겨져 있는 것 같았다.

“글쎄 어느 날에나 올는지? 애 명길아! 오늘날까지 메달 말고라도 다른 상을 타본 일이 없니?”

“수첩이나 그림엽서 상은 타보았지. 규칙에는 작품을 발표한 뒤 한 달 안이라고 하였지마는 늦어도 이십 일 안에는 오더라.”

“얘, 얼른 메달을 갖고 싶지?”

“그래, 메달은 이번이 처음이니까.”

명길은 얼굴을 붉히면서 다시 잡지의 투서란을 뒤적거렸다.

2

수남이는 명길이와 반대로 몸은 튼튼하지마는 집안 살림살이가 아주 말이 아니었다.

아버지는 일찍 돌아가시고 군청에 다니는 형님이 살림살이를 하고 있었다.

그러므로 다른 애들같이 여름 방학 동안에 바다나 산으로 놀러 다니기는커녕 올해 열다섯 살이 되도록 자기 맘대로 편하게 놀아본 적조차 한 번도 없었다. 수남이는 명길이를 찾아보고 돌

아간 뒤, 사흘 후에 30리 밖에 있는 큰아버지 댁으로 양잠(養
蠶)⁴하는 것을 시중들러 갔다.

찌는 듯이 더운 여름날 온종일 누에 똥 냄새 나는 양잠실 속
에서 일을 하고 아침, 저녁에는 뽕잎을 따러 돌아다녔다. 폐병
으로 앓는 동무 명길이를 생각하면서도 한가이 앉아서 위로하
는 편지 한 장을 맘대로 쓸 수가 없었다. 그러나 힘들인 보람이
나타나서 희고 고운 고치가 되기 시작하는 것을 볼 때에는 기쁜
눈물이 양편 뺨으로 흘러내리는 것을 깨달을 수가 있었다.

'집에 돌아갈 날도 며칠 안 남았다. 삯을 받거들랑 명길이가
좋아하는 사과나 많이 사가지고 가야겠다.'

가는 비가 솔솔 내리는 소리와 같이 누에의 뽕잎 먹는 소리를
들으면서 수남이는 이러한 생각을 하고 있을 때에,

"수남아! 너한테 전보가 왔더라."

하면서 큰어머니가 갖다 주시는 전보 한 장을 받아 들고 물끄러
미 들여다보다가 뜯어보았다.

명길위급지급귀향(命吉危急至急歸鄕)⁵

"아!"

하고 수남이의 얼굴은 해쓱해졌다. 오늘날까지 한날 한시도 잊
지 않고 생각하던 동무가 위독하다는 전보를 읽고 이같이 놀라

는 것도 당연한 일일 것이다. 수남은 전보를 구겨 든 채 큰아버지 방으로 뛰어 들어가서 전보를 보여드린 뒤에 여가를 얻어가지고 한달음에 정거장으로 뛰어갔다.

수남이가 명길의 집에 이르렀을 때에는 어스레해지는 저녁이었다.

"아이구, 수남이 왔구나?"

두 눈이 벌겋게 부어오르도록 우신 명길 어머니가 수건으로 부은 눈을 부비시면서 퍽도 반가워하시는 한편에 눈물을 흘리시며 슬퍼하셨다.

"아! 수남아 참……."

명길이는 감고 있던 눈을 힘없이 떠서 수남이를 바라보며 말끝을 채 마치지 못하고 빙긋 웃었다. 얼마 안 된 그동안 말 아니된 명길의 모양을 바라볼 때, 수남이는 어안이 벙벙하여 아무 말도 못하였다.

"명길아! 정신차려라!"

"으…… 응…… 수남아, 이제…… 나는 더 살지 못할 것…… 같다…… 수남아!『어린이』의 메달이 여태 여태 안 왔니? 그거 구경 좀 했으면, 자! 수남아 다음 날…… 응! 다음 날 오거든…… 내 사진과 함께 두고 보아…….."

명길이는 말끝도 채 못 마치고 가래가 끓어올라서 몹시 괴로워하는 모양 같더니 그대로 잠이 들어버렸다.

"아! 이렇게 약할 수가 있단 말인가……."

수남이는 이같이 혼자 부르짖고 잠든 명길의 얼굴을 내려다
보았다.

방 속은 고요해졌다. 병상을 둘러싸고 앉아 있는 명길의 아버
지와 어머니, 의사와 간호부의 한숨소리와 훌쩍거리는 울음 소
리가 창으로 비쳐 들어오는 붉은 저녁 햇빛 속에 떠돌 뿐이다.

3

캄캄하기 짝이 없는 어두운 방! 그 어두운 속으로 어린 시체
를 불사르는 한 줄기 흰 연기가 화장터 굴뚝에서 뭉게뭉게 솟아
나왔다.

아! 연기는 하늘 위로 높이 떠올라서 어린 명길의 고운 혼을
하늘 위로 끌고 올라가는 것 같다.

화장터에서 멀지 아니한 조그만 냇가에 수남이는 두 손을 정
성껏 맞잡고 서서 뜨거운 눈물을 줄줄 흘렸다.

"명길아! 너는 왜 그렇게 일찍 죽었니? 하루만 더 참았더라
면 네가 보고 싶어하던 고운 은메달을 보았을 것을…… 명길
아! 너의 아름다운 작품의 상으로 이렇든 반짝거리는 은메달!
아아! 그것이 오늘에야 왔단다!"

수남이는 이같이 부르짖으면서 뭉게뭉게 올라오는 흰 연기를
바라보았다. 가끔가끔 연통으로는 붉은 불길이 번쩍거리면서
솟아나왔다.

*

그 이튿날 아침에 수남이는 다시 명길의 집에 찾아왔다. 명길
이 어머니와 아버지는 수남이를 보시더니 더 한층 명길의 생각
이 나셔서 그칠 줄 모르고 우시었다. 수남이는 명길의 어머니와
아버지께 부탁하여 『어린이』사의 은메달을 명길의 사진과 함께
사진틀 속에 넣어서 안 벽 위에 걸어두도록 하였다.

명길이 아버지, 어머니와 수남이는 몇 달 또 해를 지내도록
벽 위에 걸린 명길이 사진과 은메달을 쳐다보기만 하면 눈물을
흘려 슬퍼하였다.

『어린이』, 1927. 10.

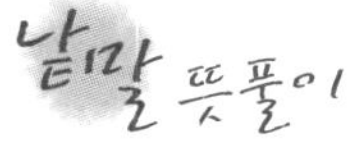

1 ① (머리카락이나 털이) 희어지다. ② 얼굴의 혈색이 없어지다. 여기서는 ②의 뜻.

2 쉬는 날, 휴일.

3 (음식 따위를 얼음이나 찬물 속에) 차게 하기 위해서 담그다.

4 누에치기. 명주실의 원료인 고치 생산을 목적으로 누에를 기르는 농업 생산의 한 브문.

5 '명길이가 위급하니 빨리 집으로 돌아오렴.'

용길이의 기공[1]

연성흠

용길이는 황황히 밖으로 뛰어나갔습니다. 용길이는 ××신문사 안에서 영리하고 똑똑하기로 이름난 소년이었습니다. 더구나 탐정소설 같은 것을 재미있게 읽을 뿐 아니라 거기에 연구도 하는 것같이 보여서 어느 때든지 위험한 일에나 모험스런 일에 용감히 내달았습니다.

"아이그 추워! 온종일 비가 부실부실 내리더니 인제야 그친 모양이로군."

용길이는 이같이 혼자 중얼거리면서 하품을 길게 한 번 하고는 아까부터 읽고 있던 탐정소설 책을 덮어놓았습니다.

"오늘은 별일도 없는 모양이니 일찍이 잠이나 자야겠다."

용길이는 방으로 들어가서 옷을 벗어 걸고 이불을 뒤집어썼습니다.

이곳은 ××신문사 숙직실. 용길이는 이 신문사 급사[2]로 오늘은 다른 신문기자 한 사람과 숙직으로 잠을 자게 됐습니다. 같이 숙직하는 신문기자는 밖에 잠깐 볼일이 있어서 나가고 용길이 혼자 남아 있던 터였습니다. 용길이가 이불을 뒤쳐쓰고[3] 겨우 잠이 들려고 할 때 숙직실의 전화종이 몹시 요란스럽게 울렸습니다. 용길이는 옷 입을 틈도 없이 그대로 뛰어나와서 수화기를 떼어 들었습니다.

"네…… 네, 여기는 ××신문삽니다. ……네? 사장 댁 별장요? 지금 여기는 나 혼자밖에 없는데요. 네? 다른 분요? 지금 급한 볼일이 계셔서 잠깐 밖에 나가셨어요. 그런데 왜 그러세요? 무슨 말씀인지 하시지요. 무어요? 도적놈이 들어왔어요? 그래 누구든지 보내달라고요? 아이그, 그럼 야단났습니다그려. 사장께서 시골 가시고 안 계신 중에 그 모양이 됐으니…… 그런데 이거 보세요, 도적놈이 언제쯤 들어왔습니까?"

"들어온 지 얼마 안 되는 모양 같은데 이 댁 마님께서 어디 갔다가 와보시니까 집 안이 온통 난장판이 됐답니다."

"네…… 그러면 저라도 가보겠습니다."

"당신은 누구요?"

"나 말입니까? 오늘 숙직 자는 급사애여요."

"그럼 당신이라도 좋으니 와달라십니다."

"네, 그럼 곧 가 뵙겠습니다."

용길이는 황황히 밖으로 뛰어나갔습니다. 용길이는 ××신문사 안에서 영리하고 똑똑하기로 이름난 소년이었습니다. 더구나 탐정소설 같은 것을 재미있게 읽을 뿐 아니라 거기에 연구도 하는 것같이 보여서 어느 때든지 위험한 일에나 모험스런 일에 용감히 내달았습니다. 오늘밤에도 사장 별장에 도적이 들었다는 전화를 받자마자,

'옳다! 얼른 가보자. 이같이 좋은 기회에 한번 훌륭히 활동을 해 보는 것도 심심치는 않겠다.'
고 생각한 것이었습니다.

저녁까지 내리던 비는 아주 그치고 드문드문 구름이 떠 있는 사이로 별들이 깜빡깜빡 반짝거렸습니다.

용길이는 동소문 밖에 있는 ××신문사 사장 별장 앞에 이르렀습니다. 컴컴해서 자세히 알 수는 없지마는 퍽 넓은 집인 것이 확실했습니다. 집 둘레는 쇠창살로 둘러막고 철책 안에는 잔디풀이 우거진 넓은 뜰이 있었습니다.

용길이는 빗물에 젖어서 질퍽질퍽한 길로 걸어 오느라고 흙투성이가 된 신발을 몇 번 굴러서 흙을 대강 털고 나서는 별장 정문으로 들어섰습니다.

주머니에서 회중전등을 꺼내 들고 사면을 비춰 보았습니다. 그때 정문 바로 앞 철책 근처의 잔디풀이 누구에게 짓밟혔는지 흙투성이가 된 것이 용길이의 눈에 띄자마자 그것을 자세히 살펴보고는,

"하아! 그놈이 이리로 들어왔구나!"
하고 용길이는 혼자 중얼거렸습니다.

얼마 후에 용길이는 응접실로 안내를 받아 들어왔습니다.

"아이그, 길도 좋지 못한데 오느라구 수고했구먼……."

사장 마나님이 분주히 마주 나오면서 인사를 했습니다.

"얼마나 놀라셨습니까? 자, 이리 앉으셔서 어떻게 된 사실인가 말씀해주십시오."

용길이는 아주 제 딴은 탐정소설에 나오는 탐정과 같은 태도를 지으면서 말했습니다.

"아까 저녁 때 비도 개이고 또 문안 일가 집에 볼일도 있고 해서 집안 하인 애를 데리고 나가지 않았겠나. 주인 영감님도 시골 가셔서 안 계시고 집 안에는 늙은 마누라 하나밖에는 남지 않았었단 말이지. 내가 나갔다가 곧 돌아오게 될는지 어떻게 될는지 알 수도 없고 하기에 안팎 문을 단단히 잠그고 일찌감치 자라구 이르지 않았겠나. 뜻밖에 다른 일이 없고 하기에 아홉 시 반쯤 해서 돌아와보니까 책상 서랍, 장 서랍이란 서랍은 모조리 열리고 온통 집 안이 뒤죽박죽이 되었구먼! 없어진 것이라고는 책상 위에 놓아둔 금시계 하나하고 장 서랍에 넣어둔 금반지 두 개뿐인데 아무리 두루 살펴보아도 문이란 문, 창이란 창은 잠근 대로 그대로 있고 어디로 들어왔다가 나갔는지 도무지 흔적이 없으니 이상하기가 짝 없단 말이야."

반말 섞어서 이같이 이야기하는 사장 부인의 이야기를 아무 말 없이 듣고 있더니 용길이는 그제야 입을 열었습니다.

“그럼 집 안에 남아 있던 마나님은 아무것도 모르고 있던 모양이올시다그려.”

“모르고말고. 그 마누라가 누워 자는 방으로 가보니까 세상 모르고 자고 있지 않겠나, 내가 이야기하는 것을 듣고서야 깜짝 놀라서 어쩔 줄을 모르데그려. 그런데 그 마누라는 여러 해 우리 집에서 살아왔건마는 그동안 조금도 눈 거친[4] 일을 한 적이 없다네.”

“네…… 그렇습니까…… 네, 알아듣겠습니다. 그런데 시계하고 반지를 잃어버리신 방이 이 방입니까? 아니에요? 그럼 그 방을 좀 구경했으면 좋겠습니다.”

사장 부인은 그 이웃 방인 사장의 서재로 용길이를 데리고 갔습니다.

용길이는 방 안을 속속들이 자세하게 살펴본 뒤에 다시 묻기 시작했습니다.

“아까 저녁에 출입하실 때 이 방문을 잠그시고 나가셨습니까?”

“저쪽 문은 잠갔지만 앞문으로 통한 이 문은 잠그지 않았었지.”

“네, 그렇습니까.”

용길이는 이같이 대답하면서 허리를 굽혀 잠그지 않았다던 서재의 문 앞에서부터 바깥 문 안까지 자세히 살펴보고 나더니,

"밖에 나가셨다 들어오실 때 그냥 신발을 신으신 채 들어오지는 않으셨지요?"

"신발을 신은 채 들어오다니, 문 안에만 들어서면 으레 슬리퍼를 신으니까……."

"그럼 이 바닥에 흙이 묻어 있을 까닭이 없지 않습니까, 그런데 이거 보십시오. 이 마룻바닥에 흙 좀 보십시오."

그제야 사장 부인도 흙이 드문드문 묻어 있는 마룻바닥을 눈여겨보게 되었습니다.

"아이그, 참말, 나는 이제야 보았는걸."

"나가실 때 이 앞문을 잠그셨습니까?"

"아니, 그것은 잠그지 않았지."

"그러면 도적놈은 이 앞문으로 들어왔습니다. 아까 들어올 때 보니까 철책 근처의 잔디풀이 온통 흙투성이가 돼서 짓밟혔던 것을 보면 도적놈은 철책을 넘어서 이 앞문으로 들어온 것이 틀림없습니다."

"아이그, 어쩌면 어린 사람이 그렇게 생각이 조밀하고 도저(到底)할까?[5]"

"어쨌든지 집 보던 마나님을 좀 만나보게 해주십시오."

조금 후에 마나님이 방 안으로 들어왔습니다.

"마님, 부르셨습니까?"

"저 사람이 좀 만나보겠다 해서 부른 겔세."

“마나님! 이거 보세요. 아까 저녁 때 마나님께서 만나본 사람이 없습니까?”

“글쎄 별로 만나본 사람은 없는데…… 옳지, 옳지! 내가 밖에 나가질 않았습니까, 아무도 만나지는 못했지마는 마님이 막 나가시자마자 뒤미쳐서 내가 문을 걸러 나갔을 때 얼굴이 흉측맞게 생긴 젊은 애 하나가 지나가더니 ‘마나님 안녕하십시오. 비가 꽤 왔습지요. 날이 개이니까 주인 마님께서 아마 어디 구경 나가시는가 봅니다그려’ 하기에 나는 아무 생각 없이 ‘일가댁에 다니러 가신다오’ 했더니 ‘네…… 그렇습니까, 안녕히 겝쇼’ 하고 그가 가버리던 생각밖에는 아니 나는 걸요.”

노파의 말을 듣더니 용길이의 두 눈에서는 갑자기 광채가 나는 것 같았습니다.

“그럼 마나님께서 그 젊은 사람의 얼굴을 기억하시겠습니까?”

“어두워가는 저녁이고 해서 자세히 보질 못했으니까 똑똑히는 모르겠는걸.”

“그럼 만나보면 아시겠어요?”

“만나보면야 알고말고.”

“마나님 고맙습니다. 마나님께 여쭤보려던 것은 그것뿐입니다.”

용길이는 다시 사장 부인에게 물었습니다.

“잃어버린 물건이 무엇 무엇이라고 그러셨지요?”

"책상 위에 놓은 금시계하고 금반지 두 개……."

이같이 대답하면서 사장 부인은 따뜻한 차라도 한 그릇 마실 생각으로 물주전자를 들어서 찻잔에다 한 잔을 따라놓고 나서 방 한 구석에 있는 흰 책상보를 들쳐보더니,

"이게 웬일야?"

하고 소리를 질렀습니다.

"아까 나갈 때 이 책상보 밑에다 과자 한 접시를 담아두었었는데 과자가 한 개도 없이 다 없어졌으니……."

하고 여기저기를 둘러보고 있었습니다.

"과자가 다 없어졌어요? 그럼 그것도 도적놈이 먹었습니다. 어쨌든지 도적놈 쳐놓고는 궁한 도적놈이로구먼요."

하고 용길이가 빙그레 웃는 바람에 사장 부인과 노파며 계집 하인까지 따라 웃었습니다.

용길이는 무슨 생각인지 골똘히 하고 앉아 있더니 이번에는 방 안을 구석구석 살펴보기 시작했습니다.

그래서 차츰차츰 담벼락에 제물로[6] 붙여서 만든 난로 앞까지 이르렀습니다. 용길이는 그 난로 속에다 머리를 틀어박다시피 하고 들여다보면서 유심히 살펴보고 나더니 이같이 물었습니다.

"이 난로는 굉장히 큽니다그려."

"특별히 크게 만든 것이니까. 그 굴뚝으로 사람 하나쯤은 넉넉히 드나들걸그래."

"아이그, 굉장히 큽니다."

"굴뚝 소제(掃除)[7]하기에 편하게 하기 위해서 벽돌로 발 붙이는 데까지 만들었는데그래."

"요즈음은 이것을 별로 쓰지 않으십니까?"

"아마 거기다 불 피워보기는 작년 겨울이었지."

"네, 그렇습니까. 그런데 마님 미안합니다마는 추워서 못 견디겠으니 여기다 불을 좀 피워주십시오그려."

"춥거든 이쪽 난로로 오지 그래, 자, 이리 와!"

"아니에요. 저는 이 난로가 좋아요. 안됐습니다그려."

사장 부인은 어쩌는 수 없이 마나님을 시켜서 불을 지피게 했습니다. 장작 몇 개비를 넣고 마나님이 불을 당겨놓자마자 그 난로 속에서 별안간에 쿵! 하는 소리가 나더니 연통 쑤시는 사람 뻔으로[8] 얼굴이 새카맣게 된 사나이 하나가 엉금엉금 기어 나왔습니다. 사장 집에 들어와서 시계와 반지를 훔쳐 가지고 도망가려다가 도망갈 기회를 놓치고 난로 연통 속에 숨어 있던 도적놈은 용길 소년의 꾀로 말미암아 붙잡히게 됐습니다.

*

사흘이 지난 뒤, 이른 아침에 ××신문사 사장이 시골에서 올라왔습니다. 그날 오정이 지난 뒤 사장 영감이 신문사에 들어오는 길로 용길 소년을 사장실로 불러들였습니다.

"용길아, 요전 날 우리 집안일을 위하여 매우 애를 써주었다니 고맙다. 그래 그 도적놈이 난로 연통 속에 들어가 있는 줄을 어떻게 알았니?"

사장은 그 뚱뚱한 배를 쑥 내밀고 교의(交椅)[9]에 걸터앉은 채 담배 연기를 상쾌한 듯이 내뿜으면서 이같이 물었습니다.

용길이는 빙글빙글 웃으면서 대답했습니다.

"도적놈이 당초에 댁에 아무도 계시지 않은 것을 알고 들어간 줄 알았습니다. 그래서 집 보던 노파를 불러서 물어보았습니다. 도적이 들어가기는 정문으로 들어간 것이 확실한데 뜻밖에 예정보다 주인 마님이 일찍이 돌아오신 때문에 도적놈이 나갈 기회를 잃고 쩔쩔매다가 책상보 밑에 있는 과자를 집어가지고 난로 굴뚝 속으로 들어가서는 그 과자를 먹으면서 나갈 기회를 엿보고 있었던 것입니다. 그 난로 속에 들어가 있는 줄 어떻게 알았느냐고 물으셨지요. 그것은 난로 바닥에 떨어져 있는 과자부스러기를 보고 알았습니다."

"참말 수고 많이 했다. 이것은 얼마 안 되는 것이지마는 너의 용기를 장려하는 뜻으로 주는 것이니 받아두어라."

"아이그, 천만의 말씀이십니다. 고맙습니다."

용길이는 어찌도 기쁘던지 어쩔 줄을 몰랐습니다. 집에 돌아와서 그 보퉁이를 풀어보니까 그 속에는 훌륭한 양복 한 벌과

새 구두 한 켤레가 들어 있었습니다.

『어린이』, 1931. 9.

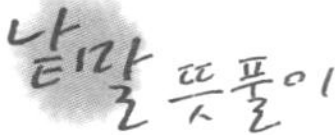

1 기공(奇功): ① 뜻밖의 공훈. ② 뛰어난 공적.

2 급사(給仕): '사환'의 일본식 용어. *사환(使喚): 관청이나 개인의 집에 고용되어 잔
심부름을 하는 사람.

3 뒤쳐쓰다: 쓸 것 또는 덮을 것을 머리까지 뒤집어쓰다.

4 눈에 거슬리는, 마음에 안 드는.

5 도저하다: ① (학식이나 생각 등이) 매우 깊다. ② (행동이나 몸가짐이) 곧고 흐트러짐
이 없다. 여기서는 ①의 뜻.

6 벽과 같은 재료로. 붙박이로.

7 (먼지 따위를) 털고 쓸고 닦아서 깨끗이 하는 것.

8 모양으로.

9 ① 신주나 혼백 상자 등을 모시는 의자. ② 의자. 여기서는 ②의 뜻.

쫓겨 가신 선생님
—어떤 소년의 수기

송 영

사실 선생님은 모든 것이 이상스러우셨다. 제일 첫째는 우리 학교에서 얼마 아니 되는 너머 동리에는 굉장한 보통학교가 있었다. 우리 이상스런 선생님도 애초에는 그 학교의 선생님이셨는데 웬일인지 그 좋은 큰 학교를 내버리시고 조그맣고 가난한 우리 학교로 건너오셨다.

동무여! 어떻게 이런 일을 나 혼자만 가지고 있을 수 있으랴? 혼자서 운들 소용이 있고 혼자서 '왜? 그런가'를 생각한들 해결을 얻을 수 있겠으랴?

*

나는 나에 대한 것은 하나도 말하기가 싫다. 말할 필요도 물론 없으니까…… 다만 나는 나의 그중 믿고 지내던 선생님의 덕택으로 자꾸 세상이 이상스럽게 보이는 시골 소년인 것만을 알아라. 그리고 훌륭한 공립보통학교 생도가 못 되고 퇴락하고 고요한 사립학교의 생도인 것만을 알아다구.

*

　난들 책상이 번쩍번쩍하고 운동장이 네모반듯한 공립보통학교가 싫지야 물론 않다. 그러나 나는 우리 동리 가운데에서도 그중 첫째가는 가난뱅이 집에 태어났기 때문에 월사금을 낼 수가 없어서 할 수 없이 잘 가르치지도 못하는(실상은 돈이 없어서) 우리 학교로 들어간 것이다.
　이만하면 우리 학교 동무들이 어떠한 집 자제들인 것은 다 알 것이다. 그저 머리도 가위질 아니면 밤낮 덤푸스스하고[1] 옷은 찢어지지 않았으나 걸맞지 않은 그러한 동무들이였었다.

*

　이것은 작년 2학기 시험 때에 난 수신 시험 문제이다.
　"교실 안에는 언제든지 개나리꽃이 만개하고 있다. 이것이 대체 무슨 뜻에서 나온 소리이냐? 아는 대로 간단하게 말해 보아라."
　참…… 더 말할 것이 있다. 우리 학교는 복식으로 교수를 하시는데[2] 학급은 네 학급이요, 선생님은 두 분 계시다. 그 중에

한 선생님이 그 전부터 우리들로부터 '이상스런 선생님'이라는 칭호를 듣고 계셨다.

사실 선생님은 모든 것이 이상스러우셨다.

제일 첫째는 우리 학교에서 얼마 아니 되는 너머 동리에는 굉장한 보통학교가 있었다. 우리 이상스런 선생님도 애초에는 그 학교의 선생님이셨는데 웬일인지 그 좋은 큰 학교를 내버리시고 조그맣고 가난한 우리 학교로 건너오셨다. 이래서 모든 어른들도,

"그 선생님은 퍽 이상하시다. 왜 그 월급 많이 주고 번쩍하는 양복이나 입고 다니는 그런 좋은 자리를 버리고 가난뱅이 학교로 갔나, 참 이상한 선생인걸."
하고서 이야기들이 굉장하였었다.

사실이다! 우리들이 보기에도 그렇다.

제일 첫째, 우리 학교로 오신 뒤로는 선생님 집안이 말이 아니신 모양이다. 가끔 보면 끼니까지 굶으시고 오시는 모양이다. 그리고 오시면은 아무리 걱정이 계시다가도 그저 우리들만 보시면은 벙글벙글 웃어가시면서 열심히 가르쳐주신다.

동무여! 우리 학교 선생님은 대개 이러하신 가운데에도 제일 또 이상스러운 것은 상학[3] 시간에 하시는 말씀이다. 어떤 때는 책을 홱 덮으시면서,

"엥히……."

하시면서 매우 화를 내시기도 한다. 그러시다가는 억지로 참으시는 듯이,

"애들아, 우리 지금 시간에는 다른 것으로 베끼어서 배우자."
하시면서 쓱쓱쓱쓱 칠판에다가 무엇이든지 적어주신다.

어떻게 잠깐 동안 잘 지어서 써주시는지 모르겠다. 우리들은 한 번만 읽어보아도 저절로 눈물이 났다. 그리고 왜 그런지도 모르게 주먹이 쥐어졌다. 선생님은 우리들의 이 같은 흥분된 모양을 보시면은 매우 만족하신 듯이 그러나 침통스러운 목소리로,

"그러니까 너희들은 정신을 바짝 차려야 한다. 너희들은 얼른 생각하기에 큰 부자나 되었으면 세상에 제일 훌륭한 사람이 된 것이거니 하겠지만 실상인즉 그렇지 않다!…… 그리고 더군다나 우리들은 다른 데 사람보다 한 겹 더 눌리고 있으니까……."
하신다.

*

이러한 선생님이 이 같은 수신 시험 문제를 내시니까 우리들은 더 이상스러웠다.

더군다나 그때는 옥동 같이* 추운 겨울이기 때문에 더 이상

스러웠다.

모두들 흘낏흘낏 쳐다들 보면서 어떤 영문인 줄을 몰라서 빙긋빙긋 웃기들만 하였다. 그래서 그때는 모두 빈 종이 아니면 딴소리들만 해서 들어갔는데 그 뒤 방학식을 하는 날에 선생님은 이같이 말씀하시었다.

"자, 이번 시험은 대개 성적들이 양호하였으나 수신 시험은 잘 친 학생이 하나도 없다. 실상인즉 교실 안의 개나리꽃은 너희들의 얼굴인 것이다. 개나리꽃은 노랗다! 그러나 너희들의 얼굴은 더— 몇 갑절 노란 것이다. 왜 그런 것을 몰랐느냐?"

하시면서 잠깐 미소를 띠우시고 나더니 다시 항용[5] 모양으로 얼굴이 침통하여지신다. 우리들은 벌써,

'또 이상스런 말씀을 하시려나 보다.'

하고 정신들을 반짝 차렸다.

"실상은 너희들의 얼굴은 희고 불그스름하여야 할 것이다. 그런데 왜 희고 붉지는 못하고 보기 싫은 병난 얼굴들을 하고 있느냐, 그것은 너희들의 집안이 가난한 까닭이다! 그러면은 왜 너희들의 집안이 가난한 줄 아느냐, 그것은 너희들의 부모가 아무리 애를 쓰셔도 소용없이만 되는 까닭이다. 너희들의 부모는 사시장철 쓸데없는 땀만 흘리고 지내시는 소작농민이다. 즉 헛애만 쓰시는 사람들이다! 그러면 너희들도 결국은 너희들의 부모님같이 '헛애만 쓰는 사람'이 되기 위하여 자라가고 있는 것

이다! 그러니 생각하여보아라. 어떻게 했으면 좋겠느냐?"

우리들은 또 울 것같이 되었다.

그리고 가만히 생각하는 것이 우리 집안들이었다. 아버지나 어머니나 그저 온 집안 식구들이 모두 논과 밭으로 나가서 온종일 일을 하고 나도 결국에는 가을철이 되면 아버지께서는 화만 난다고 약주만 잡수시면서,

"얘 이놈아, 너도 학교구 뭐구 다 그만두어라. 먹고 살 수도 없는데."

하시고 야단야단 치시다가는 얼마도 못 되어 다시 한숨을 쉬시고 우는 듯한 말씀으로,

"얘, 애비면은 자식들을 잘 입히고 잘 공부시키고 싶은 마음은 마찬가지란다."

하신다. 우리들은 이런 때에 아주 마음이 슬퍼졌었다. 이 같은 마음은 언제든지 우리 선생님의 말씀만 듣고 나면 용기로 변한다.

"슬퍼할 것이 무엇이 있나, 나도 힘만 쓰면 그만이지."

하고서 주먹도 쥐어진다.

*

방학 동안에도 나는 선생님을 가끔 찾아가서 한 번도 뵙지

는 못했다.

말씀을 들으니까 연설을 하시려고 나가시었다고 한다. 우리 선생님은 학교뿐 아니라 조금이라도 틈만 계시면은 우리들의 부모들을 모아놓고 '농민 강좌'라는 것을 하시고 청년을 모아놓고는 '청년 강좌'를 하신다.

그래서 우리는 항상,

'선생님 같으신 이는 이 세상에 안 계시다.'

고 생각들을 하였다.

그것은 사실인즉 친아우나 아들같이 귀여워하시는 데에 마음이 끌린 까닭이다.

*

다시 3학기 개학은 되었다.

우리들은 아주 새로 기뻐져서 학교로 갔었다.

동무들아! 정말이지 우리들의 기쁜 것도 오늘이 마지막인 것은 알지 못하였다.

그전과 같이 종소리가 나길래 우리들은 행렬을 짓고 있었다. 얼마 만에 선생님은 나오셔서 출석을 부르셨다.

우리들은 기운 나게 대답을 하였다. 선생님은 출석을 다 부르시고 난 뒤에,

"그동안 잘들 있었느냐?"

하시더니만 그전에 보지 못하던 아주 구슬픈 기색이 얼굴에 도시더니만 목소리까지 떠시며,

"자, 여러 학생들 매우 섭섭하지만 나는 오늘부터 여러 학생과 떠나게 되었소……."

우리들은 별안간에 가슴이 콕, 하고 찔리는 듯하였다.

"나도 여러 학생을 언제든지 데리고 같이 지냈으면 좋겠지만 나는 어쩔 수 없는 사정으로 그만두겠소."

하시고서 매우 언짢으신 듯이 고개를 숙이신다. 우리들 가운데에는 벌써 눈물이 도는 동무가 생겼다. 아주 밤중같이 무겁게 조용한 기운은 우리들의 숨결까지 죽여주었다.

그러더니만 선생님은 슬쩍 교실로 들어가시고 다른 선생님이 대신,

"앞으로 갓!"

을 부르셔서 우리들도 교실 안으로 들어갔다.

그러나 온종일 공부도 안 되고 아주 부모나 돌아가신 듯이 가슴만 찢어졌다. 아주 나중에는 참지를 못하고 보고 싶은 생각들에 취해서 울기까지 하였다. 그러나 우리들 가운데에는,

"왜 그만두셨니?"

"글쎄 다른 학교로 가셨나?"

하는 의문이 들어갔다. 그러나 실상인즉 선생님의 일을 아는 아

이가 없었다.

*

그 뒤에 들으니까 선생님은 쫓겨 가셨단다. 그렇게 좋은 선생님을 왜 무슨 까닭으로 누가 쫓아냈을까.

동무여! 실상인즉 '선생님의 생각이 좋지 못하다고 자격이 안 계시다'고 '모두'들 의논들을 하고 내쫓았다고 한다. 그러나 처음에는 선생님도 성이 나셔서 대항은 하셨으나 아주 그 '모두'들은 '그러면 학교를 못하게 할 테야'라고까지 하기 때문에 선생님도 어쩔 수 없이 나가셨단다. 이렇게 선생님이 가신 뒤에는 우리 학교가 여간 쓸쓸하지 않았다. 그리고 일어(日語) 시간이 일주일에 다섯 시간이나 더 늘게 되고 상학 시간에는 조선말을 한 마디라도 하면은 온종일 벌을 서게 되었다.

*

이런 지도 벌써 일 년이 지나서 다시 새봄은 찾아왔다.

꽃은 웃고 새는 재잘거리지만 선생님의 소식은 영영 끊어졌다. 집도 어디로 떠나가시고 선생님은 외국으로 가셨다고 한다.

아! 선생님의 가신 곳은 대체 어느 곳일까…… 무엇 하고 계실까? 그리고 언제까지나 쫓겨 다니실까?

*

동무여, 어떻게 이런 이야기를 그냥 나 혼자만 알고 있을 수 있으랴…….

『어린이』, 1928. 1.

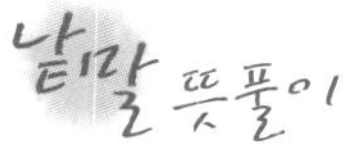

1 잘 빗지 않아 정리가 안 된 머리 모양.
2 둘 또는 그 이상의 학급을 구성해서 가르치는데.
3 수업.
4 엄동. 한겨울.
5 늘.

동무와 잡지와 떡

최경화

동리 아이들의 서러운 노래가 들립니다. 서산에 떨어진 해는 달에게 비웃음 받지 않으려고 몰래 손잔등으로 눈물을 씻고 눈을 감으니 저녁은 검은 옷을 갈아입었습니다. 그리고 일기장에 이렇게 씁니다.

'슬픔은 사라질 것이다. 쓸쓸한 세 동무야, 행복과 안식에 고이 잠들라!'고.

멀리 들 건너 강 넘어 지평선을 울 넘어오는 산들이 검푸시시한 새벽빛을 받아 물결처럼 희미한 몸뚱이를 드러내 보이면서 동녘 하늘이 자줏빛으로 훤히 터옵니다. 공중에는 잎사귀도 가지도 없는 나무들이 높직이 솟아 있는 것 같은 공장의 굴뚝들이 무수히 서 있습니다. 그리고 희고 검은 연기가 아침부터 하루종일 하늘을 뒤덮어서 맑은 날에도 흐린 날 같은 느낌을 사람의 마음에 넣어줍니다. 뛰우 뛰— 하고 기적 소리가 푸른 하늘을 울립니다. 거리거리 골목골목 남녀의 직공들은 바쁜 걸음으로 날마다 날마다 아침이면 공장을 향하여 열을 지어 걸어갑니다. 생생하게 기운 찬 태양은 찬란한 눈동자와 같이 서울의 아침을 내려다보면서 비죽하니 떠오릅니다.

"오늘은 또 어떠한 일들이 생기려노!"

하고 세상 구경이나 하러 오는 나그네처럼…….

*

란옥이는 푹신푹신한 자리에서 눈을 떴습니다. 보드라운 비단 이불은 어머니의 품같이 따스하니 몸을 녹여줍니다. 분홍장을 친 커튼으로부터는 빛난 볕이 흘러들어와 화려한 방 안을 부시게 합니다. 선반에는 진고개 가서 사다 꽂은 고운 꽃들이 아침 인사를 하는 듯이 웃고 영창문 밖에 매달아 놓은 조롱 안에는 어여쁜 카나리아가 "안녕히 주무셨어요" 하는 것처럼 즐거운 노래를 합니다. 즐거운 아침이 와서 지붕도 번듯거리고 책상 위에 금붕어도 꼬리를 치면서 헤엄하건만 어쩐지 란옥이의 가슴은 아수하였고[1] 아침에 깨어 일어날 때면 별로[2] 쓸쓸하여서 슬며시 눈물이 나므로 한참이나 흩어진 머리를 그대로 두고 눈이 멍해 앉아 있었습니다. 황금빛의 아침은 은혜와 영광의 세례를 드리운대도 안락히 살아가는 란옥이에게는 암흑과 눈둘만이 몰리어 왔습니다.

일찍이 돌아가신 어머니를 안타깝게 생각하노라면,

"잘 잤수?"

하고 첫 문안 들어오는 사람은 어머니가 아니라 할멈이었습니다. 즐거운 때나 슬플 때나 괴로운 때나 반가운 때나 언제나 란옥이는 어머니를 그리워하였습니다.

'어째서 나에게는 한마음으로 같이 웃고 같이 울어주실 어머니가 아니 계실까!' 하고…….

란옥이의 아버지는 어떤 자동차 회사의 주인이었습니다. 아침마다 회사에 가실 때에는 란옥이를 자동차에 태워가지고 학교 문 앞까지 데려다주었습니다. 그러나 점심시간이 되면 란옥이는 더욱 서러웠습니다. 다른 동무들은 다정한 어머님이 손수 지어 싸주신 점심밥을 먹는데 그들은 모두 "어머니, 어머님 싸주신 밥이 맛있습니다" 하는 것처럼 서로들 웃어가면서 수저를 들건만 란옥이는 동무들보다 더 맛있는 음식이면서도 목이 메어 잘 넘어가지를 않았습니다.

'나는 영원히 어머님이 손수 지어주시는 밥을 못 먹어보겠구나.'

하고 생각할 때 한 구석에서 훌쩍여 울었습니다. 오후가 되어서 하학을 하면 란옥이는 좋은 옷과 훌륭한 구두와 값비싼 책보를 들고 저고리 고름 사이에 시계줄까지 늘이고서 빠지직 빠지직 시멘트 길을 걸어갑니다. 비록 허줄하게[3] 차렸으나 정답게 이야기들을 하며 걸어가는 다른 동무들을 볼 때는 몹시도 쓸쓸하였습니다. 란옥이는 맘대로 먹고, 입고, 가지고 싶고, 보고 싶은 것을 사고, 구경도 맘대로 가고, 아무 부족함이 없이 돈도 쓸 수 있건마는 그래도 자꾸만 가슴이 빈 것 같았으며, 마음 한쪽이 떨어져 나간 듯만 하여 언제나 슬픈 생각이 떠나지를 아니하였습니다.

"나는 왜 이다지도 불행한가!"

하고 란옥이는 혼자서 중얼거려봅니다.

찬바람은 길에 깔린 돌 위에 흩어져 누운—병상에 누운 아기와도 같은—낙엽을 휩쓸어가서 작은 새와도 같이 춤추게 합니다. 자동차 지나가는 김에 먼지가 일어나 눈을 못 뜨게 하면 전선줄에 걸린 해도 낯을 찡그리고 아니꼬운 사람들을 노려봅니다.

*

저편 길모퉁이로부터 혜숙이가 옵니다. 무명옷을 입고 고무신을 신었습니다. 그리고 제 어머님이 떠 주신 책가방을 들고 걸어오는 것이 학교로부터 돌아가는 것이 분명합니다.

혜숙이의 아버지는 란옥이의 아버지의 자동차 회사의 운전수인데 아침마다 시퍼런 운전수복을 입고 회사로 갑니다. 혜숙이에게는 동생이 둘하고 사내 동생이 하나가 있습니다. 어머님은 종일 으슥한 방 속에 들어앉아서 자수 일을 하십니다. 아버지나

어머님은 모두 혜숙이를 잘 기르실 생각으로 애쓰고 힘 다해서
일을 합니다만은 워낙 구차한 터라 먹고 입고 남는 돈이 없었습
니다. 그래서 혜숙이는 동생들에게는 과자를 사다주어도 저는
안 먹고 연필 한 자루 종이 한 장도 아껴 아껴가면서 썼습니다.

혜숙이는 지금 거리를 왼편으로 걸어갑니다. 길 가운데에는
자동차가 오락가락하고 전차 소리가 요란스럽게 납니다. 길 좌
우에는 아름다운 상점의 꾸며놓은 물건들이 혜숙이의 눈을 자
꾸만 끌어갑니다. 고운 댕기, 장미꽃 수놓은 비단 책가방, 수선
꽃을 안은 소녀가——그 모양은 혜숙이 자기와도 같았습니다——
언덕 위에 시름없이 서서 하염없는 눈으로 바다를 바라보고 있
는 그림 표지의 공책이 놓여 있고 예쁘게 생긴 파라솔이 진열장
안에 벌려 있습니다.

걸어갈수록 혜숙이는 슬퍼졌습니다. 어느 물건 하나조차 혜
숙이의 비위를 상하게 아니하는 것이 없었습니다. 그래도 아무
것 하나도 살 수는 없었습니다.

'어째서 나에게는 돈이 없을까?'

이렇게 생각하고 눈물지었습니다.

훌륭한 서점 앞에 왔습니다. 거기에는 금칠한 책들이 죽 늘어
놓였고, 안으로부터는 라디오 소리가 흘러나왔습니다. 혜숙이
는 그 앞에 언뜻 머물렀습니다. 여러 가지 곱다란 잡지 가운데
소녀 잡지 한 책을 들어서 무심코 열어보니까 거기에는 재미있

는 이야기가 씌어 있었습니다. 그리고 그 속에 그려 있는 소녀가 혜숙이를 보고 웃습니다. 혜숙이는 넋없이 이야기에 홀려서 읽고 있는데 문득 곁에서 누가,

"여보세요, 책 사시지 않으려거든 펴보지 마시오."
하는 소리가 났습니다. 깜짝 놀라 돌아보니 그는 얄궂게 생긴 그 서점의 번대머리[4] 주인이었습니다. 혜숙이는 설구지게[5] 책을 내려놓았습니다. 애달픈 눈물이 가슴 밑으로 북여[6] 올랐습니다.

"아아, 나는 왜 이 책이 갖고 싶을까? 그렇다, 글자를 아는 죄이다. 아아! 차라리 학교에서 글자를 배우지 않았던들 이런 꼴은 아니 당하였을 것이다."

혜숙이는 혼자 쓸쓸히 속으로 중얼거리면서 다시 걸어갑니다. 이 모양을 그윽이 바라보고 있던 란옥이는 "여보세요! 여보세요!"하고 불렀습니다. 혜숙이는 부끄러운 듯이 고개를 숙이고 돌이켜 보았습니다.

"누구신지는 모르나 미안합니다마는 이 책을 드리니 받아주세요. 그리고 나의 동무가 되어주세요. 네?"

란옥이는 겨우 이렇게 말하였습니다. 혜숙이가 눈물 어린 눈으로 힐끗 돌아다보니까 거기에는 낯모를 ○○고등보통학교 마크를 붙이고 양장으로 잘 차린 학생 하나가 서 있었습니다.

그리고 들고서 주려는 책은 바로 지금 혜숙이가 보다가 욕먹

고 놓고 나온 소녀 잡지였습니다. 혜숙이는 너무도 좋고 하도 반가워서 염치고 무어고 가릴 여유가 없이 다만,

"고맙습니다. 은혜는 평생 못 잊겠습니다."

하는 말을 남겨놓고 쓴 웃음으로 언제까지나 바라다보는 란옥이의 눈앞에서 고요히 사라졌습니다.

거의 저녁때가 가까워 서쪽으로 기울어진 해는 아름다운 이 모양을 보고 자비한 눈으로 혜숙이의 댕기 끝과 란옥이의 시곗줄에서 빛났습니다. 란옥이는 동무로, 혜숙이는 잡지책으로 마음이 무한 기뻤습니다. 얼른 연필을 꺼내서 그날의 비망록에다,

'슬픔과 쓸쓸함이 사라져간다.'

라고 썼습니다.

*

해가 져갑니다. 차디찬 안개가 젖빛으로 서울을 에워쌉니다. 저녁 구름이 포플러나무 사이에 걸리고 돌아가는 제비가 홀로 날아갑니다.

서울의 한 구석, 가난한 무리들이 사는 부락에는 벌집처럼 옹기종기 옹크려 박힌 집집에서—혜숙이의 집도 여기에 있습니다—저녁 연기가 무겁게 풀어지고 자반 조기를 굽는 냄새가 역하리만치 코를 찌릅니다. 영자는 찟뚝찟뚝[7] 맥없이 걸어갑니

156

다. 오늘 밤을 잘 집도 없는 영자는—물론 아버지도 어머니도 없습니다—배가 고파 얻어먹을 생각으로 남의 집을 기웃기웃 하는 어린 거지입니다. 주린 창자가 쿡쿡 찌르는 듯이 여간 아프지 않습니다. 영자는 울 힘도 없습니다. 가난한 사람들이 모여 사는 거리였건마는 여러 가지 음식을 파는 집들이—떡집, 과자집, 국수집, 고깃집, 설렁탕 집—간간이 박혀 있습니다. 가여운 영자는 인제는 걸을 힘도 없습니다. 누더기 홑옷은 몸에 춥고 함부로 흩어진 머리에는 검불과 이가 더덕더덕 붙었습니다. 영자의 발은 떡집 부엌문 앞까지 와서 몽둥이같이 섰습니다. 거의 다 져가는 해의 불그레한 빛이 영자의 여윈 얼굴을 나 련히[8] 바릅니다. 추녀 끝에 참새들은 모를 소리로 시끄러울 만치 지저귑니다. 영자의 힘없는 눈은 유리창문 안에 놓인 노란 콩가루 칠한 인절미, 까뭇까뭇 콩 박힌 콩떡을 물끄러미 바라봅니다. 여러 날 동안이나 아무것도 못 먹은 영자의 혀끝에서는 바늘로 찌르는 듯한 식욕이 일어납니다.

"흐우!"

영자는 쓰라린 한숨을 지었습니다. 그러나 돈 한 푼 없는 영자는 암만 있어야 떡 한 개도 입에 들어갈 수 있게 할 수가 없었습니다.

'아아, 난 왜 떡이 먹고 싶을까?'

영자는 속으로 중얼거리면서 한참이나 생각하였습니다.

'옳지 먹을 줄을 알기 때문이다. 애초에 먹을 줄을 몰랐었더라면 먹고 싶지는 않았을 것을……'

영자는 또다시 고픈 배를 움켜잡고 무거운 다리를 철철 끌어갔습니다. 그렇다고 갈 곳이 있거나 만날 사람이 있는 것은 아닙니다. 혜숙이는 맥없이 걸어가는 영자의 모양을 시름없이 바라보다가 문득 아까 무엇 사고 남은 10전이 있는 것을 깨닫고 곧 달려가서,

"여보세요! 여보세요!"
하고 불렀습니다.

"저, 제게 십 전이 있으니 적지마는 이걸 가지고 떡이라도 사 잡수세요. 네?"

영자의 눈은 이상스럽게 번뜩였습니다. 감사의 눈물이 저녁 해에 루비(홍옥)와 같이 빛났습니다.

"고맙습니다. 은혜는 영원히 마음에 새기겠습니다."

혜숙이는 영자의 파리한 손목을 꼭 쥐었습니다. 영자는 오래간만에 떡으로 주린 배와 아픈 밸⁹이 나았습니다. 해는 후유! 하고 한숨을 쉬고 불에 타는 듯한 구름 속으로 숨었습니다. 주황빛 남은 볕이 아른아른합니다. 저녁 노을이 곰닷게¹⁰ 타올랐습니다.

저녁 노을 타는데 해는 잠자고

북새[11]들이 구름 타고 사라져 갈 때

무서운 검은 밤에 새와 우리는

따스한 집 속에서 편히 쉬오리.

　동리 아이들의 서러운 노래가 들립니다. 서산에 떨어진 해는 달에게 비웃음 받지 않으려고 몰래 손잔등으로 눈물을 씻고 눈을 감으니 저녁은 검은 옷을 갈아입었습니다. 그리고 일기장에 이렇게 씁니다.

　'슬픔은 사라질 것이다. 쓸쓸한 세 동무야, 행복과 안식에 고이 잠들라!'고.

『어린이』, 1928. 9.

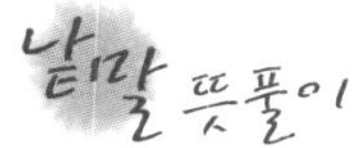

낱말 뜻풀이

1 아수하다: 아깝고 서운하다. 아쉽다.
2 ①(않다, 없다, 못하다 등과 함께 쓰이어) 그다지, 별반 등의 뜻. ② 별나게 또는 특별히. 여기서는 ②의 뜻.
3 허줄하다: ①(몸차림새가) 보잘것없고 초라하다. ② 헐고 너절하다. 여기서는 ①의 뜻.
4 '대머리'라는 뜻으로, 얕잡아 이르는 말.
5 애꿎게. 아무런 잘못 없이 억울하게.
6 북받쳐.
7 절뚝절뚝.
8 나른히. 풀기 없이 보드랍게.

9 창자.

10 '곱다랗게'의 사투리인 듯함(엮은이). * 곱다랗게: 꽤 곱게.

11 ① 북새바람. 북쪽의 추운 곳에서 불어오는 바람. ② '노을'의 사투리. 여기서는
②의 뜻.

곡마단의 두 소녀

백시라

어린 사람의 고운 순정. 금녀의 아름다운 마음씨는 김씨 부부의 가슴을
뜨겁게 찔렀습니다. 그리하여 김씨 부부는 드디어 은순이도 마저 금녀와 함께
자기네 집으로 데려가기로 하였습니다. 꽃 지는 정원의 오후.
즐겁게 노는 두 동무의 맑은 웃음은 모든 때를 다시 씻고도 남을 듯이 깨끗하였습니다.

“아아, 한울님이시여! 제발 저에게도 아버님과 어머님을 주십시오. 그리고 내일부터는 구경꾼이 더욱 많이 들어오도록 도와주십시오. 구경꾼이 적으면 저희는 배를 곯는답니다.”

밤이 깊어서 손님도 다 헤어지고 단원들도 잠이 깊이 들어 있을 때면 금녀와 은순이는 쓸쓸한 무대 위에 엎드려 이렇게 기도를 올리는 것이었습니다.

두 소녀는 흘러다니는 곡마단[1]에 몸이 매여서 지금은 이 온천 거리에서 흥행을 합니다마는 어쩐 일인지 수입이 많지 못하였습니다.

“오늘은 밥도 안 먹이겠다.”

하는 단장의 무서운 소리가 음악실에서 들려오면 가엾은 두 소녀는 눈이 어지러울 만치 주린 배라도 움켜쥐고 위태로운 재주를 부리지 않으면 아니 되었습니다.

"얘, 참 너희들은 불쌍하다. 부모님이 안 계신 탓이란다. 아무쪼록 둘이서 정답게 지내며 부모님을 만나게 하여줍시사고 늘 기도드려라. 응."
하고 친절한 어릿광대 아저씨는 아까 두 소녀에게 이렇게 말했습니다.

"아아, 하느님, 아무쪼록……."
작은 몸뚱어리를 서로 얼싸안고 금녀와 은순이는 언제까지나 기도를 올렸습니다.

＊

이 거리에 벌써 두어 주일 전부터 온천 여행을 와 있는 돈 많고 의젓한 김씨 부부는 얼마 전에 외딸을 잃어버리고 쓸쓸히 그날그날을 눈물로 보내고 있었습니다. 어느 날인가 김씨 부부는 아무리 하여도 막을 수 없는 속 아픔에 쓰라린 가슴을 부둥켜안고 맥없이 걸어 우연히 곡마단 구경을 하러 막 친 안으로 들어갔습니다. 그때는 방금 곡마단의 어린 꽃인 금녀가 날씬한 옷을 입고 위태로운 줄타기 재주를 할 때였습니다.

"앗! 신애! 신애예요. 저 애는 분명히 나의 죽은 딸 신애예요."

김씨 부인은 금녀를 보자, 갑자기 이렇게 부르짖으면서 무대 위로 뛰어 올라가서 그냥 금녀를 꽉 끌어안았습니다.

안타깝게 그리워서 자꾸만 못 잊어하던 신애—실상은 아니건마는 다만 하나이던 외딸을 잃어버리고 미칠 듯이 속 아파하는 어머니의 눈은 금녀를 보자 죽은 딸 신애로만 알고 소리친 것입니다. 김씨 부부는 너무도 놀랍도록 기뻐서 외로운 금녀의 쓸쓸한 사정을 듣고 곧 집으로 데려오기로 하였습니다. 어릿광대 아저씨는 매우 반가워하였습니다. 많은 돈을 대신 받아 가진 단장도 물론 기뻐하였습니다. 그러나 다만 오직 한 사람인 은순이만은 쓸쓸하였습니다.

"금녀야, 너는 가니? 아무쪼록 나를 잊지 말아다오. 응!"

이리하여 떠나는 날, 은순이는 금녀의 손을 굳게 붙잡고 섭섭한 얼굴로 이렇게 말하였습니다.

"오냐 잊지 않고말고. 너도 늘 나를 잊지 말아다오⋯⋯."

*

김씨의 집으로 오게 된 뒤로부터 금녀에게는 행복스러운 날이 거듭하였습니다. 김씨 부부의 기뻐함은 물론이고, 그밖에 이 집에 근 10년이나 있어서 충실히 일을 보아온 성원 할아범의 사랑이란 참으로 끔찍하였습니다. 그러나 금녀의 가슴속에는 남모르는 옛 생각의 설움이 그윽히 잠겨 있었습니다. 무서운 단장에게 혹독한 매를 맞아가면서 댓독댓독[2] 위태로운 줄타기를 하고 있을 정다운 동무 은순이 두 손을 꼭 잡고 흐득흐득 눈물을 흘리며 보내던 떠나던 날의 아픈 기억, 아무리 잊으려 하여도 은순이의 쓸쓸한 모양은 언제나 금녀의 마음속에서 사라지지 않았습니다. 보드라운 이불을 덮고 곤히 자다가도 밤이면 밤마다 으스스한 막 친 속에서 은순이와 같이 자던 자리를 생각하였으며, 꿈에도 몇 번인지 "은순아" 하고 우는 소리로 동무를 부르면서 안고 자던 인형에다 뺨을 대고 입을 맞추었습니다.

어떤 날이었습니다. 문밖 거리에서 요란스러운 소리가 나면서 여러 사람들이 떼를 지어가지고 무슨 광고인지 삐라를 흩뿌리면서 지나갔습니다. 학교로부터 돌아오던 금녀는 무심코 길에 떨어진 광고지 한 장을 집어보니까 거기에는,

"미국서 새로 돌아온 성호곡마단, 오는 9월 3일부터 새 장거리에서 대흥행!"

이라고 씌어 있었습니다.

"앗! 은순이! 은순이가 있구나!"

하고 금녀는 놀란 듯이 외쳤습니다.

고요하여 깊어만가는 밤중에 콩콩 하고 문 두드리는 소리가 났습니다. 벌떡 눈을 뜨고 놀라 깬 성원 할아범은 의아한 듯이 문을 열었습니다.

"앗, 아버지!"

"오오 춘실…… 아니, 아니, 나에게는 딸도 없다."

"아버지 왜 그런 말씀을 하세요…… 용서해주세요. 옛날 일은 죄다 잘못하였습니다. 네! 아버지!"

수척해 뵈는 여자는 이런 말을 하면서 훌쩍훌쩍 울었습니다. 그는 이미 지나간 12년 전 늙으신 아버지를 내어버리고 집을 나간 성원 할아범의 하나밖에 없는 외딸 춘실이었습니다. 성원 할아범의 눈에는 어느 겨를에 눈물이 그렁그렁하였습니다.

"얘, 아무것도 말하기 싫다…… 그런데 왜? 이런 밤중에 여기를 찾아왔단 말이냐? 응!"

"아버지, 자식이 그리워서요. 남편이 돌아가신 뒤에 지독한 살림에 쫓기어 남의 손에 맡긴 자식을 다시 찾을 마음으로 아무리 애를 썼지마는 어디를 가서 있는지 간 곳을…… 흑흑, 아버지 여섯 달 전에 말입니다. 어떤 곡마단에 금녀라는 이름이 있는 걸 알고 반갑게 찾아갔더니마는 벌써 어떤 한 사람에게 이끌려 갔다고 하여서……."

"무엇?"

할아범은 눈을 날카롭게 번뜩였습니다.

"아버지, 숨김없이 말씀해주세요. 네? 이 집에 있는 따님이 금녀라고 하는 소녀라지요! 네? 아버지! 어서요, 제발 숨기지 말고…… 그 애는 분명히 내가 낳은 자식이랍니다."

춘실 부인의 참혹한 정경에는 하늘의 별들도 눈물을 짜느라고 깜빡깜빡하였습니다.

*

"으앗! 아버님…… 아, 아버님 제발 한 번만 용서해주세요. 네? 정말 몸이 아파서 꼼짝할 수가 없습니다."

"핑계하지 마라. 이 게으른 년아, 어서 준비를 하여라. 안 하겠니? 이년을 그저……."

사나운 단장의 쓰라린 채찍은 바람결에 꼬리를 쳤습니다. 은순이는 울면서 울면서 준비를 시작하였습니다. 구경꾼석에 김씨 부부와 함께 앉았던 금녀는 은순이를 보자,

"은순아! 은순아!"

하고 부르짖었습니다.

"으앗!"

부르는 소리에 놀라서 음악실 안을 돌이켜 보는 은순이는 넘어질 듯이 몹시도 놀랐습니다.

"앗! 금녀야 금녀야!"

"은순아! 은순아! 나는 퍽 너를 만나고 싶었단다."

연한 팔을 벌려 담쏙[3] 껴안은 두 소녀는 다만 흐득흐득 느껴 울 따름이었습니다.

"애, 은순아! 너 대신에 내가 할게. 잉! 울지 마라. 은순아!"

겨우 눈물을 씻고 금녀는 훌륭한 옷을 벗어던지고 더러운 곡마단의 옷을 갈아입었습니다. 말릴 사이도 없이 나는 새와 같이 무대에 올라선 금녀는 은순이를 대신하여 다람쥐처럼 재주를 부렸습니다.

"흐우, 그렇게까지……."

모든 것을 들은 김씨 부부는 무거운 한숨을 쉬었습니다. 어린 사람의 고운 순정. 금녀의 아름다운 마음씨는 김씨 부부의 가슴을 뜨겁게 찔렀습니다. 그리하여 김씨 부부는 드디어 은순이도 마저 금녀와 함께 자기네 집으로 데려가기로 하였습니다. 꽃 지는 정원의 오후, 즐겁게 노는 두 동무의 맑은 웃음은 모든 때를 다시 씻고도 남을 듯이 깨끗하였습니다.

*

"아버지, 또 왔습니다. 저기서 놀고 있는 이 댁의 따님 저 애는 암만하여도 내 딸입니다. 네? 아무쪼록…… 제발 내가 제 어미라고 한 번만 말해주세요."

"그런 쓸데없는 말을 하지 마라. 따님은 그렇게 구구한 마음을 가지지 않았다."

입으로는 꾸짖으면서도 성원 할아범의 가슴은 미어질 듯이 아팠습니다.

"애, 춘실아! 제발, 덕분에 네가 낳은 자식을 찾는 것은 그만두어다오. 응! 네 딸은 반드시 어디서든지 행복스러운 신세가 되었을 것이니…… 알았니? 네 딸이나 나의 손녀로 있다는 것보담 얼마나 행복스러울는지도 모르니까."

"네…… 네…… 아버지 알았습니다. 그렇다면 저의 맘도 무한히 기쁘겠습니다. 그래도…… 아버지…… 그럼 아무 말 아니 하고 그냥 돌아가겠습니다. 네."

춘실 부인은 자식을 사랑하는 열정에 가슴이 뻐개지는 것 같았습니다. 이런 줄은 꿈에도 모르는 금녀는 오히려 기쁜 낯으로 눈물 흘리며 기막힌 속을 태우는 두 사람 사이를 뚫고 들어섰습니다.

"아…… 아가씨."

차마 견딜 수가 없어서 춘실 부인은 금녀의 손목을 꽉 잡고,

"아무쪼록 곱게 그리고 행복스럽게 잘 자라나서 할아버님을

사랑하여주세요. 네! 아가씨.”

내 딸이면서도 차마 딸아! 하는 소리도 입 밖에 못 내는 어머니의 가슴은 칼로 저미는 듯하였습니다. 말끝을 못 맺는 춘실 부인의 곁에 서 있는 성원 할아범의 눈에서도 뜨거운 눈물이 주르르 흘렀습니다.

“금녀야!”

하는 나무 그늘 밑에서 은순이의 부르는 소리가 났습니다.

“오냐, 이제 간다. 여보세요, 손을 놓아주세요.”

춘실 부인의 손을 뿌리치고 금녀는 소리 나는 쪽을 향하여 달려갔습니다. 성원 할아범과 춘실 부인은 금녀의 뒷모양을 시름없이 바라보면서 눈물 어린 눈초리로 서로 마주보았습니다.

『어린이』, 1928. 12.

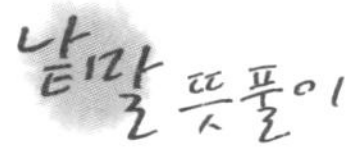

1 서커스단.
2 공중에서 외줄을 타며 한 발 한 발 내딛는 모양.
3 손으로 탐스럽게 쥐거나 팔로 탐스럽게 안는 모양.

정의의 승리

이정호

시합은 드디어 ××고등보통학교의 선공으로 시작되었습니다. 회가 거듭할수록 순길이는 김변호사의 말도 무엇도 죄다 잊어버렸습니다. 누이의 설움도 자기의 불행도 죄다 잊어버렸습니다. 고개를 숙이며 수건으로 눈물을 씻은 후에 일심으로 볼을 던지기 시작하였습니다.

짧은 여름날 밤이 어느덧 깊어서 12시도 훨씬 지나고 새로 1시가 되어오건만, 순길(順吉)이는 아직도 잠이 들지 못하고 몸을 엎치락뒤치락하며 애를 태우고 있었습니다.

내일은 자기가 다니는 ××고등보통학교의 야구 시합 날이요, 자기는 이날 시합에 제일 중책을 맡아볼 투수였습니다. 그런 까닭에 되도록 일찍이 자야 할 것이요, 또 편안히 쉬어야 할 것이었으나 갑자기 큰 걱정이 생겨 아직까지 잠을 이루지 못하고 애를 쓰는 것이었습니다. 오늘 낮에 마지막 연습을 마치고 집으로 돌아올 때 야구부장으로 계신 김선생님이 자기의 어깨를 두들겨주시며,

"순길아! 네가 내일도 평소에 연습할 때와 같이만 하여준다면 그까짓 △△고등보통학교 쯤은 어렵지 않게 이겨 넘어갈 것이니 부디 조심해서 우리들의 기대를 저버리지 않도록 특별한 노력을 해다오."

하고 간절히 말씀하시던 일이며, 또 내일 시합에는 확실히 이길 자신을 가지고 무한히 좋아하는 주장 명순(明淳)이가 자기의 손을 힘 있게 잡고,

"순길아! 우리는 너만 믿는다. 이기고 지는 것이 모두 네게 달렸으니까 어련할 것은 아니나 하여간 이번에는 어떻게 해서라도 기어이 이겨서 작년에 진 분풀이를 톡톡히 해야 한다."

하며 두 번 세 번씩 이 말을 거듭 부탁하던 일을 생각하니까 더욱이나 기가 막혀서 잠이 오지 않았습니다.

'아아 내가 왜 야구를 배웠을까? 애초에 야구를 배우지나 말았더라면 오늘에 이와 같이 어려운 경우를 당하지는 않았을 것을…….'

순길이는 자기가 야구를 배운 것이 무슨 큰 불행이나 장만한 것같이 슬픈 생각이 나서 자기도 모르게 눈물이 핑 돌았습니다.

순길이는 ××고등보통학교의 3년생이었습니다. 나이는 이제 겨우 18살밖에 되지 않았으나 퍽 숙성해서 20여 살이라고 하여도 곧이들을 만치 장대해 보였습니다.

운동을 잘하면 공부는 잡친다는 것이 보통으로 우리가 하는 말이요, 또 사실에 있어서도 그러한 예가 없지 않으나 순길이는 그렇지 않았습니다. 공부도 뛰어나게 잘하였지만 야구에 있어서도 그 재주가 귀신 같아서 일약 명선수가 된 것입니다.

그래서 여러 선생님과 학생들에게 무한한 사랑을 받고 지내는 터인데 작년 정기 시합에 나갔다가 그만 무참히도 패하고 들어온 것을 한없이 분하게 생각하여,

'금년에는…… 금년에는…….'

하면서 이를 악물고 열심히 연습을 하여왔습니다. 원래 투수로서의 소질이 충분한 위에 이렇게 맹렬히 연습을 한 고로 정말 볼에 조화가 붙었다고 할 만치 기술이 능란하였습니다. 그리고 볼이 어떻게 빠르고 센지 엔간히 눈 밝은 사람이 아니면 배트도 치지 못할 만치 굉장한 솜씨였습니다. 그런 고로 전교에 800명이나 되는 학생들도 이번 시합에야말로 우리 학교가 승전을 하겠다고 무한히 좋아하면서 어서 이날이 돌아오기를 손꼽아 기

다렸습니다. 그리고 이번 시합의 승패는 오직 순길이 한 사람에게 달렸다고 해서 여러 사람의 기대와 촉망은 더욱이나 컸습니다.

그래서 순길이는 학교의 명예와 800여 명 동무의 그 열렬한 기대를 생각할 때 자기의 책임이 더한층 무거운 것을 알았고, 따라서 뼈가 부서지는 한이 있더라도 기어이 이기고 말 결심을 하였습니다.

그러나 오늘 낮에 집으로 돌아온 순길이에게는 뜻밖에 무서운 일이 생겼습니다. 정말 가슴 아픈 일이 생겼습니다.

2

순길이는 원래 아버지와 어머니를 일찍이 여읜 가여운 신세였는데 살림이 구차하여 하나밖에 없는 누이마저 이웃 동리로 멈[1]을 살러 간 후에는 정말 몸 부칠 곳조차 없어서 할 수 없이 열다섯 살 되던 해 봄에 아버지가 생존해 계실 때 제일 친절한 친구이시던 김○○ 변호사 집에 찾아가서 사정을 말하고 그 집에 몸을 부치고 있으며 심부름도 해주고 또 서기 노릇도 해주었습니다.

그런데 이 집의 주인인 김변호사는 대단히 점잖고 좋은 어른이어서 죽은 친구의 아들인 이 순길이를 비상히 사랑하여 그 이듬해 봄부터 서울 ××고등보통학교에 입학을 시켜주었습니다. 그래서 이래 3년 동안이나 한결같이 학자[2]를 대어줄 뿐 아니라 순길이가 야구를 잘하는 줄을 안 후부터는 더욱이나 그에게 자기 마음대로 시간을 주어 충분한 연습과 단련을 하게 하였습니다. 그것은 그 김변호사의 정말 친아들인 흥복(興福)이가 △△고등보통학교 야구 팀의 2루수를 보는 까닭에 자연 야구에 대해서는 특별한 호의와 이해를 가졌기 때문이었습니다.

그런데 순길이는 내일 자기 집 주인의 아들이 다니는 학교와 싸움을 하는 것입니다. 그렇건만 적과 적인 순길이와 흥복이가 한집에서 같이 잠을 자고 있었습니다.

그러나 상대 팀이 자기가 몸을 부치고 있는 집의 주인의 아들이기로 운동하는 데 있어서야 별로 문제 될 것이 무엇이겠습니까. 물론 그까짓 일로 걱정을 하여 잠을 못 자거나 가슴을 태울 순길이는 아니었습니다.

그러나 정말 가슴이 아프고 뼈가 저릴 일은 오늘 낮에 학교에서 돌아오는 길로 김변호사에게 놀라운 부탁을 받은 것입니다. 그것은 내일 야구 시합에 볼을 일부러 잘못 던져서 △△고등보통학교를 이기게 해주고 또 특별히 흥복이가 타석에 나와 서거든 꼭 홈런이 나도록 볼을 맞추어 던져달라는 것입니다. 그리고 만약에 이 말을 듣지 않겠으면 내일로 당장 내 집을 나가버리라는 무서운 선고였습니다.

평소에 그렇게 인자하던 김변호사가 어쩌면 그렇게 비열하고 무리한 청구[3]를 하는지 순길이도 그 까닭을 몰랐습니다. 그러나 억지로라도 생각한다면 홍복이가 내년 봄에는 △△고등보통학교를 졸업하니까 그 학교의 야구 선수로서는 이번 시합이 최후의 출전인 고로 그 어버이의 마음에 자기의 사랑하는 아들 홍복이의 머리 위에 최후의 광영[4]을 얹어주려는 생각인 듯하였습니다.

'자식을 생각하는 어버이의 사랑은 이렇게 뜨거운 것이로구나.'

순길이는 이런 생각을 하면서 김변호사를 원망도 하지 않고 오직 자기의 가여운 신세를 끝없이 한탄할 뿐이었습니다.

'아아, 나도 어머니 아버지가 계셨다면…….'

순길이는 새삼스럽게 아버지 어머니 없는 설움에 참으려야 참을 수 없는 눈물이 하염없이 흘러내려 베개를 적셨습니다.

'아아, 어떻게 할까? 내일…… 내일 홍복이에게 홈런을 치지 못하게 하면 나는 이 집에서 쫓겨난다. 그렇게 된다면 하나밖에 없는 누나가 얼마나 슬퍼할까…… 나는 너 하나만 믿고 사는 것이다. 다행히 김변호사와 같이 좋은 어른을 만났으니 아무리 어려운 일이 있더라도 아무리 괴로운 일이 있더라도 꾹 참고 ××고등보통학교만 졸업을 해라. 나는 네가 졸업을 하면 너를 데리고 아버지 어머니의 무덤을 찾아가서 훌륭하게 된 네 모

양을 땅속에 계신 두 분에게 보여드릴 것을 제일 즐거운 낙으로
알고 기다릴 것이다…… 하고 나를 만나기만 하면 울면서 부탁
하던 누나가 만약 내가 이 집에서 쫓겨난다면 얼마나 실망을 할
까…… 그러나, 그러나 내일 시합은 작년의 복수전이다. 전교
팔백여 명의 학생이 오직 나 하나를 믿고 얼마나 기꺼운 기대를
하고 있느냐…… 그렇다 나는 씩씩한 운동가이다. 누나와 나
한 사람의 사정이 절박하다고 팔백여 명 학생들에게 낙망을 끼
쳐주는 비열한 짓은 절대로 할 수가 없다…… 아아, 그러나 누
나를 슬프게 할 수도 없다. 남의 집에 가서 멈을 살면서 오직
나 하나의 출세를 손꼽아 기다리는 불쌍한 누나에게 실망을 주
고 그 가슴에 쓰라린 못을 박아줄 수가 없다. 아아, 어떻게 할
까, 어떻게 할까…….'

순길이는 반 미친 사람같이 머리를 쥐어뜯으며 몸부림을 쳤
습니다.

"내일 내가 시합장에 가서 내 눈으로 너의 행동을 죄다 볼 터
이야."

김변호사의 이 말은 확실히 어린 순길이를 위협하는 말이었
습니다.

시계는 벌써 새로 2시를 쳤습니다. 그러나 순길이는 아직도
잠이 들지 못하고 애를 쓰고 있었습니다. 이웃집에서 일찍 우는
닭의 소리가 더욱이나 순길이의 가슴을 아프게 하였습니다.

3

기어이 날이 밝고 시합이 시작되었습니다. 벌써 운동장은 글자 그대로 인산인해를 이루었습니다.

××고등보통학교 800여 명 학생의 희망은 오직 순길이의 한 몸으로 집중되었습니다.

순길이는 이것을 생각할 때 결코 결코 지지 않으려 하였습니다. 그러나 만약 지지 않고 이기게 되면 자기의 몸이 어떻게 될까를 생각하니까 관람석 한편 귀퉁이에 앉아 있는 김변호사가 자꾸 쳐다보이고 그럴 때마다 그 커다란 눈을 더 크게 뜨고 자기를 무섭게 흘겨보는 것 같아서 얼굴이 화끈거리고 다리가 부들부들 떨렸습니다.

개전을 선언하는 심판의 '시작' 소리를 따라 환호의 박수 소리가 우뢰와 같이 일어났습니다. 순길이도 이제는 마지막 각오를 하였습니다.

'오늘의 시합은 결코 끝수[5]를 얻기 위하여 다투는 싸움이 아니다…… 활기와 순정을 끝까지 지키려는 소년들의 깨끗한 정신, 깨끗한 영혼을 위하여 가장 의롭게 싸워야 할 신성한 싸움이다. 그렇다면 이 거룩한 싸움, 이 신성한 싸움에 어떻게 내 자신을 위하고 내 누이를 위하여 그 따위 불의의 짓을 할 수가 있으랴. 옳다, 나는 죽기로 싸워야 한다. 정의를 위하여 가장 용감히 싸워야 한다. 그 집에서 내쫓기면 신문 배달이라도 다니자. 그것도 못 되면 남의 집 소사라도 다니자. 누이한테는 몹시 미안한 일이나 그렇다고 나의 이 깨끗한 혼을 더럽힐 수는 없다.'

마음속으로 이렇게 비장한 결심을 한 순길이의 두 눈에는 다시 눈물이 핑 돌았습니다. 시합은 드디어 ××고등보통학교의 선공으로 시작되었습니다. 회가 거듭할수록 순길이는 김변호사의 말도 무엇도 죄다 잊어버렸습니다. 누이의 설움도 자기의 불행도 죄다 잊어버렸습니다.

고개를 숙이며 수건으로 눈물을 씻은 후에 일심[6]으로 볼을 던지기 시작하였습니다.

가슴속에 온갖 분한[7]은 그가 던지고 받고 하는 조그만 볼 속으로 한데 뭉쳐버렸습니다. 그래서 이를 악물고 힘주어 던지는 순길이의 볼은 그야말로 총알같이 빨라서 △△고등보통학교 선수들의 간담을 서늘케 하였습니다.

관람석에 모인 사람들은 순길이의 이 귀신 같은 재주를 보고 모두,

"잘한다, 잘한다."

하며 미친 사람같이 소리쳤습니다. ××고등보통학교의 응원단도 의기충천해서 적군을 놀려대기 시작하였습니다. 그러나 적군도 서울 안에서 꼽을 수 있는 강팀인 만치 좀처럼 굽히지 않

고 죽기로써 이편을 대항하였습니다. 그래서 2회, 3회, 4회가 지나고 어느덧 7회, 8회가 지났건만 양군의 진세가 어떻게 견고하였던지 3회 초에 ××고등보통학교에서 한 점을 얻었을 뿐이요, 내리 1대0으로 내려왔습니다.

어느덧 9회 초도 지나고 최후의 승부를 결정하는 9회 말이었습니다. △△고등보통학교의 최후의 공격이었습니다. 만약 이 마지막 싸움에 △△고등보통학교에서 한 점이라도 나게 되면 양군이 동점이 되는 고로 또다시 몇 회든지 연장전을 계속해서 승부를 결정하게 될 것이요, 이번에 두 점을 얻게 되면 도리어 홍복이네 학교에서 한 점을 이기게 되는 것입니다.

그런 고로 △△고등보통학교 선수들은 더욱 기가 나서 이 마지막 공격에 전 힘을 다 기울였습니다.

이와 반대로 ××고등보통학교에서도 이번 이 마지막 수비만 잘해서 적에게 한끝도 안 내어주면 승리는 완전히 자기네 것인고로 순길이도 눈을 흡뜨고 자기 자리에 나섰습니다.

잠깐 동안 벌렁벌렁하는 가슴을 진정한 후에 볼 잡은 손을 번쩍 들고 자기편을 돌아보며,

"간다."

하고 소리쳤습니다. 여러 선수들은 기다리고 있었던 듯이 일제히,

"오라잇![8]"

하고 마주 소리쳤습니다.

　순길이는 맨처음 볼을 비상히 빠르게 힘주어 던졌습니다. 그 것은 방망이에 맞더라도 파울이 되어 우선 첫 볼에 적의 가슴을 뜨끔하게 만들려는 생각이었습니다. 그러나 어떻게 된 일인지 처음 던진 볼이 바로 들어가기는 하였으나, 타자의 어깻죽지를 맞히고 데드 볼[9]이 되어 다른 선수가 대신으로 1루까지 달아났 습니다. 그리고 계속해서 둘째번 타자가 갈긴 볼이 뜻밖에 안타 가 되어 적은 힘 안 들이고 1루와 2루의 자리를 밟게 되었습니다.

　적의 응원단에서는 어떻게 좋던지 그만 미친 사람들같이 펄 펄 뛰며,

　"플레이! 플레이!"

를 연해 불렀습니다.

　순길이는 뜻밖에 두 번이나 실수한 것을 크게 후회하면서 이 를 악물고 팔을 휘두르며,

　'이번에는…… 이번에는…….'

하고 단단히 주의를 하여 던졌습니다. 그랬더니 순길이의 정성 이 헛되지 않아서 과연 제3, 제4의 타자는 배트를 한 번 휘둘러 보지도 못하고 모조리 아웃을 당하였습니다.

　'자아 하나다, 하나다. 인제 하나만 더 아웃을 시키면 그만 이다.'

　순길이는 마음속으로 이렇게 부르짖으면서 타자가 서 있는 쪽을 바라보았습니다. 그때 순길이는 갑자기,

"으응."

소리를 치며 한 걸음 뒤로 물러섰습니다.

이 무슨 이상한 인연의 배트 순번이었으랴!

지금 타자 자리에 서 있는 타자는 다른 사람이 아니라 바로 김변호사의 아들 홍복이였습니다.

'오! 이제 저 배트를 들고 있는 홍복이만 홈런을 하도록 해주면 나는 다시 전처럼 될 수가 있다. ××고등보통학교에도 그냥 계속해 다닐 것이다. 그러나 그러나 만약 아웃을 시키기만 하면 나는 학교도 또 김변호사 집도 오늘로써 마지막 고별이다. 그렇게 되면 남의 집 하인…… 신문 배달…… 그리고 내가 가장 좋아하는 공부는 물론이요, 야구까지도 이것이 마지막이다. 또 누이에게 크디큰 설움을 장만해주는 것이다.'

순길이의 눈에는 또다시 눈물이 핑 돌았습니다. 눈물에 어리어 포수의 신호조차 보이지 않았습니다. 그러나 그는 눈물도 씻지 않고 그냥 선 채로 서서 고개를 좌우로 흔들며,

'내가 왜 또다시 이런 생각을 할까, 이미 내 마음속에 결심한 바가 있거니 지금에 와서 무엇을 생각하고 무엇을 주저하랴, 정의다 오직 정의다.'

하고 다른 때보다도 볼을 더 힘주어 던졌습니다. 홍복이도 배트를 힘 있게 잡고 있다가 날아오는 볼을 겨냥하여 냅다 갈겼습니다. 그러나 그것은 헛방이 되고 말았습니다. 계속해서 던진 두

번째 볼도 헛방이었습니다. 인제 마지막 볼이라 양군의 선수는 잔뜩 긴장이 되어 눈을 흡뜨고 순길이의 손을 노려보았습니다. 구경꾼들도 손바닥에서 땀이 나도록 가슴을 조이며 하회를 기다렸습니다.

"간다."

소리가 떨어지며 순길이의 손을 떠난 볼은 총알같이 날아가더니 여전히 홍복이에게 헛방을 시키고 포수 미트에 보기 좋게 들이박혔습니다.

심판의

"게임 셋[10]."

소리도 다른 때보다 더 우렁차게 기쁘게 들렸습니다. 응원단은 모자와 응원기를 휘두르며 만세를 불렀습니다.

"1대0"

의 스코어로 순길이는 이겼습니다. ××고등보통학교는 작년에 진 분풀이를 톡톡히 하였습니다.

선생님들도 모두 기뻐서 입을 다물지 못하고 좋아하셨습니다.

그러나 순길이는 정신 나간 사람처럼 맥이 하나도 없이 투수 자리에 서 있었습니다. 다른 사람들은 모두 기뻐서 어쩔 줄을 모르건만 순길이만은 슬펐습니다. 오랫동안 바라고 기다리던 명예의 승리를 하였으니 순길인들 어째 기쁘지 않겠습니까마는 그 승리라는 것 때문에 김변호사 집에서 쫓겨날 생각을 하니까

기가 막혔습니다. 누나가 슬퍼할 생각을 하니까 가슴이 아프고 뼈가 저렸습니다.

　그때 돌연히 구경꾼 틈에서 김변호사가 뛰어나오며,

　"순길아!"

하고 불렀습니다. 정신없이 서 있던 순길이는 그 소리에,

　"앗!"

하고 소스라쳐 놀라며,

　'오 김변호사다, 나에게 자기 집을 나가달라는 마지막 선고를 하기 위하여 온 것이다.'

하고 온몸을 바르르 떨었습니다. 그러나 김변호사는 뜻밖에도 두 손을 벌려 순길이를 가슴에 껴안으며 부드러운 목소리로 이렇게 말하였습니다.

　"오, 순길아, 너는 과연 훌륭한 소년이다. 내가 너에게 그러한 말을 한 것은 결코 악의가 있어서 그런 것이 아니라 너를 한번 시험해보기 위함이었다. 네가 하도 나에게 충실하게 또 유순하게 굴기에 어디 한번 시험을 해보아야겠다고 그러한 어려운 문제를 내었던 것이다. 다시 말하면 네가 내 말이 무서워서 또는 내쫓기는 것이 무서워서 그러한 불의의 짓을 하는 소년인가 그렇지 않으면 내 말이 아무리 그렇더라도 여러 사람을 위하여 가장 용감히 의를 위하여 싸우는 소년인가를 내가 한번 시험해본 것이다. 그러나 이제 알고 보니 너는 과연 훌륭한 소년이다.

자아, 안심하고 우리 집으로 가자. 나는 네가 훌륭한 사람이 되어 사회에 나가서 한몫 튼튼한 일꾼이 될 때까지 가장 기쁘게 그 뒤를 보아줄 것이다. 그리고 오늘부터는 사무실에도 나오지 말고 아주 우리 집에 가서 흥복이와 같이 한방에서 공부를 하도록 만들어주마. 아무쪼록 오늘과 같은 그 아름다운 정신을 영구히 가슴속에 간직하고 자라거라.”

이렇게 말하는 김변호사의 두 눈에는 자기 아들의 패전한 것도 다 잊어버리고 오직 순길이의 그 아름다운 마음에 비상히 감격이 되어 뜨거운 눈물이 방울방울 흘러내렸습니다.

『어린이』, 1929. 6.

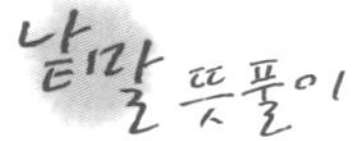

1 '머슴'의 준말.
2 공부하는 데 필요한 비용.
3 부탁.
4 영광.
5 점수.
6 한마음. 다른 생각을 하지 않고 한 가지 목표에 마음을 모아.
7 분하고 한 맺힌 감정.
8 “좋아!” 'all right'를 일본식으로 발음한 것.
9 야구에서 투수가 던진 공이 타자의 몸에 닿는 일.
10 경기 종료를 알리는 소리.

쓸쓸한 밤길

이태준

영남이는 절름거리며 앞개울에 나와 물을 마시고 징검다리를 건넜습니다.
그리고 자기가 지게 지고 다니던 산비탈을 돌아 벌판 위에 나섰습니다. 하늘에 총총한
샛별들은 영남이의 앞길을 인도하는 듯이 빛나고 있었고, 멀리 바다에서 들려오는
파도 소리는 영남이의 고생 많을 앞길을 걱정하는 것도 같았습니다.

아이마다 즐겁게 잠을 깨는 단옷날 아침이었으나, 영남이는 이날도 다른 날 아침과 같이 그 꼬집어 뜯는 듯한 아주머니 목소리에 선잠을 놀라 깨었습니다.

어린 마음에 울고 싶은 생각도 아침마다 치밀었으나, 이만 설움은 하루에도 몇 차례씩 겪는 일이요, 울지 않아 몸부림을 하더라도 영남이의 하소연을 받아주고 위로해줄 사람은 한 사람도 없었습니다. 집집마다 있는 아버지, 아이마다 있는 어머니가 영남이에게는 어느 한 분도 계시지 않았습니다.

영남이는 아직 컴컴한 외양간으로 들어가 소를 몰고 나왔습니다. 이것은 영남이가 매일 아침 눈을 뜨며부터 맡아놓고 하는 일의 시작이었습니다. 해도 퍼지지 않은 차가운 이슬밭을 드러난 정강이로 헤치며 밭머리를 올라갈 때, 어청어청[1] 따라오는 황소도 그 껌뻑거리는 눈 속에 아직 잠이 서려 있거든, 나이 어린 영남이야 얼마나 아침 이슬이 차갑고 설친 잠이 졸렸겠습니까. 그러나 영남이는 이만 일은 벌써 졸업이 되어서 아무렇지도 않았습니다.

영남이가 풀 많은 산기슭에 소를 매어놓고 다시 집으로 내려오는 길이었습니다. 어디서 영남이를 보았는지 여기 있는 것을 모르고 공연히 한참 찾아다녔다는 듯이 이슬에 젖은 꼬리를 뒤흔들며 뛰어오는 큰 개 한 마리가 있었습니다. 그 개는 쓸쓸한 영남이의 둘도 없는 동무인 바둑이였습니다. 바둑이는 영남이가 김매러 가면 그도 밭머리에 나와 있었고, 영남이가 나무하러 가면 그도 산에 따라와 있었습니다. 바둑이가 영남이를 어찌 좋아하는지 누가 "영남아" 하고 부르면 영남이보다도 바둑이가 어디선지 먼저 뛰어오는 때가 많았습니다.

영남이는 집에 들어오는 길로 안방으로 들어가 사기요강, 놋요강을 찾아 들고, 걸레를 모아 들고 앞에 있는 개울로 나왔습니다. 물론 바둑이도 꼬리를 흔들며 따라 나왔습니다. 영남이가 바둑이가 어쩌나 보려고 일부러 걸레를 떨어뜨리고도 모르는 체하고 개울까지 와서 돌아다보면 바둑이는 으레 그 걸레를 물고 와서 서 있었습니다.

이날도 영남이는 바둑이 입에서 걸레를 뺏어 빨아놓고, 요강도 부셔놓고 자기가 세수를 하는 때였습니다. 그때에 누구인지 영남이 뒤에서 영남이가 세수하느라고 돌 위에 꼬부리고 앉은 것을 얌체 없이 왈칵 떼밀어서 물속에 텀벙 빠지게 하고, 그리고 영남이가 물에서 나오기 전에 놋요강 하나를 흘러가는 개울에 띄워놓고 달아나는 아이가 하나 있었습니다. 그 아이는 영남이와 남도 아니었습니다. 영남이가 지금 있는 아주머니의 아들 대근이였습니다. 대근이는 영남이보다도 세 살이나 위요, 영남이가 못 다니는 학교에까지 다니는 형으로서 걸핏하면 공이나 차듯 영남이를 차고, 영남이는 알아듣지도 못하는 일본 말로 욕을 하고 놀리고 비웃고 하였습니다.

사실 지금 대근이네가 사는 집은 영남이네 집이었습니다. 영남이가 어머님 한 분과 바둑이와 그리고 일꾼을 두고 남의 땅을 부치면서라도 재미있게 살아가던 영남이네 집을 영남의 어머님이 돌아가시자, 대근이네가 옛날에 돈 받을 것이 있다는 핑계와 영남이를 데리고 있으면서 길러주겠다는 핑계로 자기네 집은 팔아가지고 영남이네 집으로 왔던 것입니다. 그러므로 영남이는 영남이 자기 집에 있으면서도 아주머니와 아저씨에게 안방을 빼앗기고 대근이에게 건넌방까지 빼앗겨 영남이는 할 수 없이 일꾼이나 자던 더러운 사랑방으로 밀려나오고 말았던 것입니다. 그러나 어디 그것뿐입니까, 이제 열세 살밖에 안 되는 영남이는 사랑에서 자는 만큼 일꾼의 할 일을 모두 맡아 하게 되었고, 부엌에서 밥을 먹는 만큼 "숭늉 가져오너라" 하면 숭늉 떠가고, "설거지 하여라" 하면 설거지도 하여 부엌어멈의 할일까지 모두 영남이가 하면서도 아저씨에게 아주머니에게 대근이에게 걸핏하면 매 맞고 욕 먹고 하는 것입니다.

영남이는 물속에서 나와 달아나는 대근이를 못 본 것이 아니었으나, 쫓아가려 하지도 않고 욕도 하지 않고 돌멩이를 들어 팔매 치려고도 하지 않았습니다만 분을 참지 못하는 그의 얼굴에는 뜨거운 눈물이 흘러내리는 물과 함께 떨어졌을 뿐입니다. 그리고 깊은 데로 떠내려가던 놋요강은 바둑이가 헤엄쳐 들어가 물고 나왔습니다.

몸에서 물이 흐르는 영남이와 바둑이는 아궁 앞에서 마주 앉아 그래도 단옷날이라고 이날은 바둑이도 눌은 밥을 먹고, 영남이는 흰밥 한 그릇을 얻어먹었습니다. 그러나 아주머니는,

"단옷날은 비를 들면 손목이 떨어지니?"

하고 마당 안 쓴 것만 사설할[2] 뿐이요,

"왜 옷이 젖었니?"

하고 물어도 보지 않고, 갈아입을 옷도 주지 않았습니다.

영남이는 다른 날 같으면 호미를 찾아 들고 밭으로 나갈 것이나, 오늘은 설거지와 마당 쓰레질만 하고 바둑이와 함께 뒤꼍으로 갔습니다. 뒤꼍에는 느티나무처럼 큰 살구나무가 하나 있었

습니다. 그 살구나무는 영남이가 볼 때마다 어머니 생각이 저절로 나게 되는 살구나무였습니다. 영남의 어머님은 영남이가 단오에 입을 옷을 늘 이 살구나무 밑에 나와서 자리를 깔고 다리셨습니다. 또 영남이가 글방에 다닐 때 집에 와서 글 읽기 싫으면 어머님 몰래 늘 이 살구나무에 올라가 놀았습니다. 그러면 어머님이 "영남아, 영남아!" 부르시면서 뒤꼍을 지나가시면서도 살구나무 위에 있는 영남이를 쳐다보지 못하시고 가셨습니다. 영남이는 이런 일을 살구나무를 볼 때마다 생각하게 되고 어머님이 그리워 울었습니다.

영남이는 젖은 옷을 벗어 울타리에 널어놓고 발가벗은 채로 살구나무 위에 올라갔습니다. 잎이 우거져 보는 사람은 없었으나, 바둑이는 영남이와 같이 눈물이나 흘리는 듯이 두 눈을 껌뻑거리며 살구나무 밑에 웅크리고 앉아 쳐다보고 있었습니다.

새 옷들을 입고 그네 터에 모여 그네 뛰며 노는 대근이나 다른 아이들은 이마에서 땀이 흐르지마는 나무 그늘 속에서 빨가벗고 앉은 영남이는 소름이 끼치도록 떨렸습니다. 영남이는 가지마다 조롱조롱 달려 있는 새파란 풋살구를 "하나, 둘" 하고 헤어보다가도 바람이 우수수 하고 나뭇잎을 흔들며 지나갈 때에는 그만 진저리를 치며 떨었습니다. 그리고 어머님이 그리웠습니다.

"아! 나는 영영 어머님이 없이 이렇게 살아야겠구나!"
하고 눈물을 씻었습니다.

"내가 아무리 이 집에서 개나 소와 같이 있는 힘과 있는 정성으로 진 일, 마른 일 가리지 않고 해준다 하더라도 나의 입에는 언제든지 눌은 밥이다. 나의 몸엔 언제든지 이슬과 흙에 젖은 누더기다. 나는 언제든지 이 모양으로만 이런 사람으로만 살아야 할까?"

영남이는 지나간 날에 어머님을 생각하는 것보다도 자기의 장래를 생각하고 더욱 슬펐습니다.

영남이는 이와 같이 하늘도 보이지 않는 녹음 속에서 혼자 마음 놓고 울고 있을 때, 갑자기 아래에서 바둑이가 내달으며 짖는 소리가 났습니다. 그리고 여러 아이들의 "하하" 웃는 소리가 올라왔습니다. 내려다보니 대근이가 울긋불긋한 새 옷 입은 동리 아이들을 몰아가지고 와서 벌거벗고 나무 위에 있는 영남이를 가리키며,

"저놈의 새끼 보아라, 빨가벗고 올라가서 익지도 않은 살구만 따먹고…… 내 저놈의 새끼 맞히거든 보아라."
하며 밤톨만 한 돌을 집더니 이를 악물고 팔매 쳤습니다. 영남이는 볼기짝을 맞았습니다. 돌라섰던[3] 아이들은 "으하하" 하고 손뼉을 칩니다. 이 광경을 보는 바둑이가 대근이를 보고 짖었으나 대근이는 싱긋벙긋거리며 다시 돌멩이를 집으려 할 때, 영남이는 어느덧 나는 듯이 땅 위에 뛰어내렸습니다. 그리고 벌거벗은 팔뚝으로 대근의 멱살을 움켜 잡았습니다.

“너는 내 형도 아니다. 내가 네 집에서 나가면 그만이다.”

하고 영남이는 대근이를 꼴단[4] 메어치듯 하였습니다. 구경하던 아이들이 쫙 흩어지자, 어떤 아이가 벌써 대근의 어머니를 불러 왔습니다. 대근이를 깔고 누르는 영남이를 본 대근의 어머니는 울타리를 버팅긴 작대기를 잡아 뽑더니 영남이의 정강이를 후려갈겼습니다.

“이놈의 새끼, 도척이 같은[5] 놈의 새끼! 형을 몰라보고.”

그 무정한 아주머니는 발목을 안고 나둥그러지는 영남의 볼기짝을 또 한 번 후려갈기더니 대근이를 껴안고 나갔습니다. 몇몇 아이가 남아 서서 눈이 뚱그레서 영남이의 꼴을 구경하고 있었으나, 대근의 어머니는 다시 와서 그 아이들까지 몰아내고 발목을 안고 뒹굴고 우는 영남이의 옆에는 말 못하는 바둑이만 설렁거리고 있었습니다.

그날 밤이었습니다. 영남이가 시퍼렇게 부은 발목을 앓고 누워 있는 사랑방에는 아침에 영남이가 기어들어오고 닫은 문이 점심때가 지나고, 저녁때가 지나고 밤이 깊어가도록 누구 한 사람 열어보는 사람이 없었습니다. 목이 마르나 물을 청할 사람이 없고, 배가 고프나 밥을 갖다 주는 사람이 없었습니다. 영남이는 결심하였습니다. 베었던 베개를 집어 팽개치고, 발목이 아픈 것도 깨달을 새 없이 불덩어리 같은 몸을 일으켰습니다.

“나가자, 나가자! 이놈의 집을 나가면 그만이다.”

영남이는 비틀거리며 문을 열었습니다. 문 밖에는 바둑이가 일어섰습니다.

"가자, 바둑아! 우리 집이지만 떠나자."

바둑이는 꼬리를 치며 앞섰습니다. 벌써 밤은 깊은 때였습니다. 영남이는 절름거리며 앞개울에 나와 물을 마시고 징검다리를 건넜습니다. 그리고 자기가 지게 지고 다니던 산비탈을 돌아 벌판 위에 나섰습니다. 하늘에 총총한 샛별들은 영남이의 앞길을 인도하는 듯이 빛나고 있었고, 멀리 바다에서 들려오는 파도 소리는 영남이의 고생 많을 앞길을 걱정하는 것도 같았습니다.

아! 밤길은 쓸쓸하였습니다. 고향을 떠나는 것이 슬펐고, 어머님 생각과 발목이 아파서 절름거리며 울면서 걸었습니다. 그러나 밤은 머지않아 밝을 것이며, 한참씩 달음질쳐 앞서 가던 바둑이가 도로 와서 영남이의 옆을 서주고 서주고 하였습니다.

『어린이』, 1929. 6.

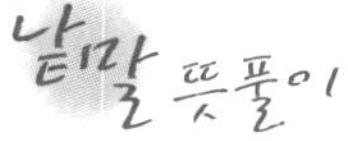
낱말 뜻풀이

1 좀 빠르게 어정어정 걷는 모양.
2 사설하다: 길게 잔소리를 늘어놓다.
3 돌라서다: 작은 범위로 둘러싸다. '둘러서다'의 작은말.
4 꼴을 베어 묶은 단. *꼴: 말이나 소와 같은 집짐승에게 먹이기 위하여 벤 풀.
5 하는 짓이 말할 수 없이 모질고 악독한 놈 같다. 옛 중국에 도척이란 도둑이 있었기 때문에 생긴 말.

참된 우정

최병화

그때 책사 앞에서 일어난 상서롭지 못한 일을 진수는 그만 똑똑히 보고 말았습니다.

이제 진수는 무엇을 보았는지요. 참말 진수는 그것이 정말인가를 의심하고 싶었습니다.

책사 앞에는 소년 한 사람이 서 있더니 시치미를 딱 떼고 진수가 사려 하는

×××잡지를 두루마기 속으로 슬그머니 집어넣고 말았습니다.

1

진수는 서울 계신 아저씨께로부터 우등 진급하였다는 상으로 5원짜리 돈표를 받았습니다.

"일 원만 가지고 사고 싶은 것을 사 가지고 남는 것은 저금하여두어라."

하고 어머니께서는 기쁜 웃음을 웃으시며 말씀하셨습니다. 진수는 그 말씀을 듣고 곧 책사[1]로 뛰어갔습니다. 진수는 항상 남이 보던 헌 잡지만 빌려 보며 그 책 속에 실린 자기가 지은 동요문과 혹은 작문을 보면서 혼자 기꺼워하였습니다. 이번에는 내 돈으로 새 책을 살 수가 있다. 진수는 기쁨에 뛰노는 가슴을 부둥켜안고 책사로 뛰어가는 것입니다. 그러나 얄궂게도 진수의 글이 실린 ×××잡지는 다 팔리고 말았습니다. 진수는 실망이 되었지만 발을 돌이켜 나오다가 불현듯 누이 동생 진순이를 생각하였습니다.

"오빠! 나도 잡지 한 권 사다 주."

오빠가 책사로 가는 것을 알고 어리광 부리며 부탁한 말이 생각나서 이 봄에 새로 발행된 소녀 잡지를 한 권 샀습니다. 진수는 바로 집으로 돌아가지 않고 다른 책사로 갔습니다. 혹시 그곳에는 남아 있는가 하고.

길어진 봄 해도 어느덧 넘어간 쓸쓸한 저녁 길을 진수는 걸어갔습니다. 그곳에서 북으로 그리 멀지 않은 책사 앞을 다 갔을 때 짐마차가 지나가므로 발을 멈추고 서서 잠깐 지나가기를 기다렸습니다. 그리고 몹시 궁금하여 눈을 둥그렇게 뜨고 책사를 바라보았습니다.

"음! 저 애가 저게 무슨 짓인가."

그때 책사 앞에서 일어난 상서롭지[2] 못한 일을 진수는 그만 똑똑히 보고 말았습니다. 이제 진수는 무엇을 보았는지요.

참말 진수는 그것이 정말인가를 의심하고 싶었습니다. 책사 앞에는 소년 한 사람이 서 있더니 시치미를 딱 떼고 진수가 사려 하는 ×××잡지를 두루마기 속으로 슬그머니 집어넣고 말았습니다. 지금 진수는 그 광경을 똑똑히 본 것입니다.

"아! 너 지금 그 책은?"

하고 그 소년을 붙들고 충고하여주고 싶은 생각도 나고 또는 책
사 주인에게 알려주고도 싶었습니다. 그러나 진수는 이렇게도
저렇게도 못하였습니다. 그 책을 훔친 소년이 황망히 고개를 수
그리고 지나가는 얼굴을 볼 때 진수는 몹시 놀랐습니다.

"오! 경효다! 틀림없는 경효다!!"

그 소년이 자기와 한 학교 한 반에서 공부하는 경효인 줄을
알았을 때, 진수는 도리어 자기 몸을 짐마차 뒤로 숨겨버렸습
니다.

"아! 나쁜 일을 보고 말았다."

진수는 울고도 싶을 만치 마음이 괴로웠습니다.

경효는 정구 선수로 훌륭한 체격과 튼튼한 완력을 가진 운동
가였습니다. 그리고 약한 사람을 지근덕거리는[3] 심술궂은 학생
을 제지하고 억울한 일을 당한 학생을 위하여는 분연히 일어나
는 의분심(義憤心)[4]이 강한 소년이었습니다. 그러하므로 동무
들은 모두 경효를 참된 용자로 존경하였습니다. 그러나 지금 그
일은 진수 외에 다른 사람은 한 사람도 모릅니다. 요즘 경효가
학교에 와서도 풀기[5]가 없이 있는 것을 볼 때 진수는 무슨 사정
이 숨어 있는 게다 하고 생각은 하였지만 이럴 줄이야!

'아니다, 경효는 나같이 집안이 구차한 까닭이다. 그리고 경
효의 동생은 반년이나 병을 앓지 않는가.'

진수는 그때 놀란 것도 두려운 것도 사라지고 동무를 위하여

오직 슬픈 눈물이 눈에 어리었을 뿐이었습니다.

2

　진수는 자기도 알지 못하게 책사 앞에 와 섰으나 이제는 자기를 위하는 즐거움도 그 마음속에서 찾을 수 없었습니다. 오직 조금 아까 본 동무의 슬픈 행동이 마음속에 가득 차 있을 뿐이었습니다. 그리하여 책 살 것도 잊어버리고 그대로 경효의 뒤를 쫓아갔습니다. 경효는 벌써 눈에 띄지 않았습니다.

　'지금이라도 경효를 찾아보고 타일러볼까.'

하고 간신히 결심을 하고 발을 떼어놓으려 할 때,

　"옳지! 너로구나, 지금 책사 앞에 와 섰던 아이가?"

　"네, 그렇습니다. 왜 그러십니까?"

　"왜 그러는 게 무엇이냐? 나는 벌써 다 알고 있는데, 남의 가게에서 책을 훔친 놈. 어서 책을 내놓아라."

　"저는 그런 일을 하지 아니했습니다. 저는……."

　"무어, 아니야? 내가 속을 줄 아니, 너 학생이 그러한 짓을 해! 너 몇 학년이냐?"

　"육학년이에요."

　"내년이 졸업이로구나. 얼른 순순히 타이를 때 내놓아라."

“정말 나는 책 훔친 일이 없습니다.”

“그래도 거짓말을 하는구나!”

하고 그 사람은 진수의 뺨을 갈겼습니다. 그때 진수의 두루마기 안에 있던 소녀 잡지가 땅에 떨어지고 말았습니다.

“이제도 네가 변명할 테냐? 네가 나이 어린 학생이니깐 특별히 용서한다.”

하고 그 책사 주인은 책을 집어 가지고 가버렸습니다. 진수는 무어라고 대답을 하여야 좋을지 몰랐습니다. 지금 여기서 사실대로 말하면 진수의 누명은 깨끗이 벗어지고 말 것입니다. ─ 아! 그러나 모든 일을 참자. 나보다도 더 불행한 친구를 위하여 참자─ 진수는 입술을 깨물고 부들부들 떨었습니다. 눈에는 형용할 수 없는 눈물이 어리었습니다.

“얘! 너 진수가 아니냐? 왜? 아니 진수지. 우리는 뒤에서 너의 당한 꼴을 보고 어떻게 놀랐는지 모르겠다.”

“나도 어이가 없어서 우리 반에서 수재이고 모범생인 네가 그러다니.”

책사 주인이 가버린 후, 무슨 좋은 일이나 본 듯이 뛰어온 두 학생은 반에서도 거만하고 심술쟁이라고 동무의 눈총을 받는 순창이와 필영이였습니다. 둘이서는 너털웃음을 웃어가면서 초초하게[6] 서 있는 진수를 찧고 까불면서,[7]

“진수야! 너 걱정할 것은 없다. 우리 역시 너의 동무이니깐 너의 자랑하지 못할 일을 광고하지는 않을 것이다."

"암! 그렇구말구. 그러나 우리 청을 들어주지 않는다면 그때는⋯⋯."

필영이는 둘 사이에 무슨 꿍꿍이심이나 있는 듯이 서로 는짓을 하며 말을 주고받고 합니다.

"대관절 너의 청이란 무엇이냐?"

"듣고 싶다면 말해주지."

하고 순창이는 청이나 있는 듯이 진수 귀에다 입을 대고 무슨 말인지 소곤거렸습니다. 듣고 있던 진수는 점점 얼굴빛이 새파래지며 눈은 비분강개하여졌습니다. ─끝까지 참아보자. 다정한 동무를 위하여─ 진수는 마음속으로 몇 번이나 몇 번이나 결심하였습니다.

"좋으냐? 그 대신 우리들은 지금 본 일을 누구에게도 말하지 않으마."

"물론 우리도 약속은 지켜야지."

필영이와 순창이는 큰 싸움에나 이긴 듯이 호기가 만만하여 가버렸습니다.

벌써 하늘에는 별들이 반짝거리고 있습니다. 진수는 한참이나 하늘을 쳐다보았습니다. 그 눈 속은 눈물로 꽉 찼습니다. 그것은 달빛같이 맑고 광채가 도는 눈물이었습니다. 분함과 억울한 것은 그의 눈에 없었습니다. 그 눈 속에 젖어 있는 눈물

은—그것은 동무의 마음을 슬퍼하는 눈물, 사랑하는 동무의
불행한 운명을 탄식하는 눈물—오직 한 생각, 그것은 동무를
생각하는 아름다운 눈물이었습니다.

3

　그 이튿날 진수는 정구부원을 사면[8]하였습니다. 누구나 명예
스럽게 생각하는 이 자리를 떠날 때 진수는 한 말도 대답지 않
았습니다. 그리고 그날 하학 후의 코트 내에는 순창이가 새 운
동복을 입고 득의만면하게 뛰고 있었습니다. 뒤뜰 개나리꽃 피
는 울타리에는 진수가 쓸쓸한 모양을 하고 서 있었습니다. 그때
진수는 저쪽 포플러나무 뒤에서 훌쩍훌쩍 울고 있는 여학생을
보았습니다. 그 여학생은 진순이였습니다.
　"진순아! 너 왜 울고 있니? 응!"
　"오빠! 저⋯⋯."
　진순이는 오빠를 보자, 더 한층 느껴 울었습니다.
　"울기만 하면 무엇 하니, 말을 해야지."
　"저! 우리 반 순경이가 너희 오빠는 도적놈이라고, 그래서 선
수가 떨어졌다고 놀린다우."
　"저! 순창이의 누이동생 말이지. 알았다. 울지 마라."

하고 주먹을 잔뜩 쥐고 앞 운동장으로 뛰어갔습니다.

"순창아! 너한테 잠깐 할 말이 있다. 이리 좀 오너라."

"무슨 말인지 모르겠지만 나중에 만나자. 지금 정구 연습을
하니."

"오라면 왔지 무슨 잔말[9]이야."

진수의 마음은 몹시 격분되었습니다.

"무어 어쩌고 어째? 건방진 놈 같으니."

"너는 약속을 배반하였다. 네 동생 보고 무어라고 하였니?
지금 내 동생은 울고 있다."

"이 자식, 도적놈을 도적놈이라 부르지 무어라고 그래."
하고 순창이는 태연스럽게 서서 웃고 있습니다.

"너는 꽁지벌레[10]만치도 의리를 모르는 놈이다."

"그래도 이 자식이!!"
하고 순창이는 라켓을 내던지고 진수의 멱살을 잡았습니다. 그
꼴을 보자, 필영이도 순창이를 도와서 덤벼들었습니다. 그리하
여 진수는 그만 밑에 깔리고 말았습니다. 이때 경효가 소리를
지르고 뛰어왔습니다. 순창이와 필영이도 경효가 온 줄 알고 물
러섰습니다.

"왜 둘이서 한 사람을 때려주느냐?"

"이놈이 건방진 짓을 하니깐 그렇지."
하고 둘이서는 도망이나 하듯이 가버렸습니다. 경효는 진수

의 옷에 묻은 흙을 떨어주면서 싸움하게 된 이유를 물으려 하는데 수업 시작종이 울렸습니다.

4

오후 첫째 시간—선생님은 수업하시기 전에 이렇게 말씀하셨습니다.

"나는 여러 학생에게 이상한 것을 물어보겠는데, 혹시 학생 가운데에서 이 잡지를 아는 사람이 있는가?"

그 잡지는 소녀 잡지였습니다. 학생들은 서로 얼굴만 쳐다보고 있었습니다. 진수는 그 잡지를 한참 바라보았습니다. 그것은 진수가 동생 진순에게 주기 위하여 산 것이 틀림없습니다. 그리고 책사 주인에게 빼앗긴 책입니다. 진수는 모른 척하고 있을까 하다가 선생님을 속이는 것이 죄송스러워서 말을 하기로 작정하였습니다.

"선생님! 제가 그 책을 압니다."

"응! 그러냐, 너로구나. 다른 것이 아니라 아까 ××서점 주인이 찾아와서 이렇게 말하더라. 어저께 책을 한 권 잃어버려서 집어간 사람을 쫓아가서 뺏어왔는데 돌아가서 책을 조사해보니 간 이웃 책점에서 산 것이 확실한 것을 오해를 하였으니 이 책

주인이 이 학교 육학년생이니 전해주고 사과하여달라고 하더라. 그런데 그때 그 소년이 너이더냐?"

"네 그렇습니다."

진수는 자기의 바른 것이 증명되자, 한쪽으로는 기쁘나 한쪽으로는 경효 때문에 불안을 느꼈습니다.

"그러면 그때 너는 의심을 받은 채 왜 가만히 있었더냐?"

"선생님, 저는 그때 사실대로 말하지 못할 경우가 되어서 제가 누명을 쓴 채로 있었습니다. 나는 누구를 위하여 꾹 참았습니다."

"그것이 옳은 일인 줄 아니? 너의 동정은 어디까지 찬성하나 나쁜 사람의 편은 되지 말아야 한다."

"선생님 저는 그 사람을 위하여 슬퍼합니다. 그리고 바른 마음으로 돌아오기를 빌고 있습니다."

"그러냐? 너의 갸륵한 마음은 잘 안다. 너에게로부터 그같이 아름다운 동정을 받은 그 사람은 퍽 행복스러운 사람이다. 그리고 그 사람이 이 말을 듣는다면 반드시 회개할 것이다. 여러 학생! 죄를 미워하는 것은 정의이다. 그러나 그것만으로는 사람의 마음은 찬〔冷〕 것이다. 미움을 넘어서 그 죄를 범한 사람을 사랑하고 그 사람을 위하여 슬퍼할 때 사람은 비로소 따뜻한 마음에 사는 표적이 되는 것이다."

그 말은 여러 학생의 마음줄〔心絃〕을 강하게 울렸습니다. 동시에 경효의 가슴속을 몹시 흔들어놓았습니다. 이리하여 소녀 잡지는 두번째 진수의 손으로 돌아왔습니다. 그리고 순창이와 필영이 앞에서도 진수는 공명정대한 것이 나타나게 되었습니다.

5

진수가 교문을 나설 때, 뒤에서 진수의 손을 붙잡는 사람이 있었습니다. 그 학생은 경효였습니다.

"진수야! 용서하여다우! 나의 동생 때문에 그 순간 나의 눈이 어두워진 것이니. 나의 동생은 날마다 자리에 누워서 심심하여 잡지를 사오라고 한다. 그러나 너는 우리 집안 형편을 잘 알 것이다…… 나는 아까 교실에서 너에게 사과하려고 하였지만 차마 말이 안 나왔다."

경효는 이렇게 무거운 입을 벌려서 말하였습니다.

"그런 말을 하지 마라. 내가 한 일은 동무를 위한 조그마한 일이니깐……."

그때 뒤로부터,

"진수야!"

하고 뛰어온 학생이 있습니다. 그 학생은 순창이와 필영이였습니다.

“아까 선생님 말씀을 듣고 너의 너그럽고 귀여운 마음에 감복하였다. 선수권을 뺏은 비겁한 나를 용서하여다우. 선수권을 도로 돌려보낼 터이니 우리 반을 위하여 싸워다우.”

“나도 사과한다.”

필영이도 잼쳐서[11] 말하였습니다. 진수는 그저 얼굴에 미소만 띠우고 유쾌하게 걸어갈 뿐이었습니다.

“오…… 모든 것을 나 때문에 참아왔구나. 순창이한테 약점까지 보이고…… 선수권까지 빼앗기고…….”

경효는 너무 감격이 되어 말도 못하고 뜨거운 눈물이 방울방울 흘러내렸습니다.

“경효야!”

하고 진수도 울었습니다.

“고맙다, 진수야! 나는 이제부터 바른 길로 싸워나가겠다. 일하여나가겠다. 그리고 서로 열심히 공부하자. 그리고 언제까지 다정한 친구가 되자.”

그것은 경효의 마음속에서 우러나오는 말이었습니다. 그 결심 위에는 광명한 빛이 비칠 것입니다.

착한 동무는 인생의 보옥(寶玉)[12]입니다. 삐뚠 마음을 고쳐주고 그리고 깨끗이 소생케 하는 귀여운 힘을 가진 보옥입니다.

『어린이』, 1930. 4.

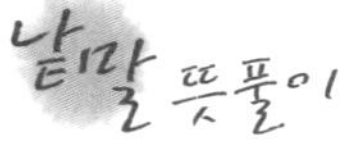

1 책방, 책가게.

2 상서롭다: 복되고 길한 일이 있을 듯하다.

3 지근덕거리다: 자꾸 귀찮게 굴다. '지근거리다'와 같은 말.

4 옳지 않은 일에 대해 분노하는 마음.

5 씩씩하고 활기찬 기세.

6 초초하다: 근심과 걱정으로 시름없다.

7 ① 경솔하게 이랬다 저랬다 하며 몹시 까불다. ② (무엇에 대하여) 함부로 얘기하다.

8 그만두고 물러나는 것.

9 쓸데없이 자질구레하게 늘어놓는 말.

10 쉬파리의 애벌레.

11 어떤 일을 잇달아 반복하여서.

12 보석.

경희의 빈 도시락

최병화

점심시간이 되자, 다른 동무들은 또 참새들처럼 재재거리면서 도시락 밥을
맛있게 먹기 시작하였습니다. 경희는 빈 도시락을 꺼내 놓고 앉아 있기가 계면쩍어서 오늘은 그냥
눈 쌓인 운동장으로 나와서 잎이 다 떨어져 가지만 앙상하게 남은 포플러나무 아래서
숙희의 괴로워하는 얼굴을 눈앞에 그려보았습니다.

어제 밤새도록 오시던 눈으로 해서 종로 네거리 가로수에는 때 아닌 흰 꽃이 가지마다 송이송이 피었고, 높은 지붕에나 얕은 지붕에나 흰 눈이 소북이 쌓이어 퍽 아름답게 보였습니다. 눈이 오신 이튿날이라, 날씨는 그다지 춥지 않지만 이따금 북악산 넘어서 불어오는 바람은 칼날 같아서 살을 에어내는 듯하였습니다.

숙희는 오늘도 다른 날과 같이, 신문 담은 바구니를 옆에 끼고 종로 네거리로 나갔습니다. 오고 가는 사람들은 서울서 처음 눈에 띄는 소녀 신문팔이를 어떤 사람은 이상한 듯이, 어떤 사람은 반가운 듯이, 잠깐 바라다보고는 휙휙 지나쳐 갑니다.

숙희는 차디차오는 손을 불어가면서 조그마한 요령[1]을 쉴 새 없이 흔들었으나, 누구 한 사람 신문을 사려고 하는 사람은 없었습니다. 백화점 현관 위에 걸린 시계를 보니, 어느덧 4시를 가리키고 있었습니다. 그리하여 짧은 겨울 해도 서쪽으로 기울어지기 시작하였습니다.

숙희는 안타까워서 휙휙 지나가는 사람들을 혹시나 하고 바라보고 있었습니다.

"애, 신문 한 장 사자."

하는 소리가 요란스러운 소리 속에 겨우 들려왔습니다.

"네!"

하고 숙희가 바라보니, 동대문행 전차 정류장 안전지대 위에서 점잖은 신사가 부르는 소리였습니다. 숙희는 좋아서 얼결에 좌우를 살펴볼 겨를도 없이 안전지대로 뛰어갔습니다. 바로 그 순간 동대문 쪽에서 속력을 내면서 질주해 오던 자동차가 가로 건너가는 소녀를 발견하고 급정거를 하였으나, 거리가 가까운 관계로 소녀를 치받고 3미터나 미끄러져 나가서 빽 소리를 내면서 겨우 정거[2]가 되었습니다.

오래간만에 신문 한 장을 팔려던 숙희는 자동차에 부닥쳐 단단한 아스팔트 위에다가 신문을 동댕이치고 나둥그러져버렸습니다.

"자동차에 애가 치었다."

교통이 복잡한 곳이라 잠깐 동안에 사람들이 겹겹이 모여 들었습니다. 전차가 서로 꼬리를 물고 서 있고 자동차·자전거도 사람 때문에 정거를 하였습니다.

순사가 뛰어와서 사람들을 쫓기 시작하였습니다. 숙희는 곧 그 근처 병원으로 데려가서 응급 치료를 하게 되었습니다. 바로 그때 병원으로 한 소녀가 가만히 들어왔습니다.

그 소녀는 ××여자 보통학교 5학년 생도로 이름은 김경희라고 부르며, 자동차에 치인 신문팔이 소녀 숙희와 한 반 동무였습니다.

오늘 학교에서 파하여 백화점으로 학용품을 사러 가다가 자동차에 치인 소녀가 자기와 한 반인 숙희인 것을 알고 병원을 찾아온 것이었습니다.

숙희네 집은 경희네 집에서 그리 멀지 않은 곳입니다. 아버지는 일찍이 돌아가시고, 어머니께서 남의 바느질품을 팔어서 근근이 살아가시며 숙희의 학비를 대주셨습니다. 그런데 어머니께서 힘든 일을 많이 하신 탓으로 몸이 무척 고되어서 나중에는 병환이 나시어 자리에 눕게까지 되셨습니다.

어머니가 자리에 누워 계시니, 숙희네 집은 그날 먹을 밥도 걱정되리만큼 더한층 어려워졌습니다. 올해 열세 살밖에 되지 아니한 숙희는 집안 사정이 이러므로 학교를 결석하고라도 얼마 안 되는 돈이나마 벌어서 어머니께 미음[3]이라도 쑤어드릴까 하고 부끄러움을 무릅쓰고 신문팔이가 된 것이었습니다.

　그 이튿날 아침, 경희는 학교 가는 길에 어제 자동차에 치인 숙희의 일이 퍽 궁금해서 일부러 길을 돌아서 숙희네 집을 찾아 갔습니다.

　"숙희야, 좀 어떠냐?"
하고 붕대로 칭칭 감은 머리를 가만히 만져 보았습니다.

　"고맙다. 어제보담은 좀 난데 그래도 골이 흔들리는 것 같고 다리가 푹푹 쑤셔서 참을 수가 없구나."

　"경희야, 참 고맙다. 이렇게 일부러 찾아와주니."
하고 숙희 어머니께서 웃으시면서 말씀하셨습니다.

　"경희야, 시간 늦지 않겠니? 어서 학교엘 가야지."

　"응, 그래. 그럼 내 또 오마."

　경희는 책보를 들고 일어서려다가,

　"숙희야, 너 아침 먹었니?"

　"아니…… 응, 먹었어."

　"안 먹었지?"

　경희는 벌써 짐작하였습니다. 이때 어머니께서 눈물을 씻으 시면서,

　"경희야, 너니깐 이런 말을 하지만두 저 숙희가 신문을 팔아 서 남는 돈으루 죽이라도 끓여 먹던 것을 숙희가 저 꼴이 됐으 니 인제는 쌀 한 알갱이도 구경할 수가 없단다."

경희는 이 말을 듣고, 그만 눈물이 흘러내리는 것은 걷잡을
수가 없었습니다.

"그래서야 되겠어요? 아주머니, 여기 제 도시락이 있으니까
요. 이걸로 조금 요기라도 하세요."

"뭐 도시락을? 온 별소릴 다 하는구나."

"저야 점심 한 끼 안 먹기루 어떻겠어요. 그러지 말구 잡수
세요."

경희는 윗목에 놓여 있는 주발에다가 도시락 밥을 살그머니
쏟았습니다. 그리고 빈 도시락만 털실로 짠 도시락 주머니 속에
넣고 나서,

"내 있다가 학교에서 파해[4] 갈 적에 또 들르마. 응"
하고 경희는 숙희 손을 꼭 쥐면서 다정스럽게 말했습니다.

경희는 그날 아침, 숙희네 집에서 거의 반 시간이나 지체를
해서 학교에 입학한 뒤로 처음 지각을 하게 되었습니다. 그러나
경희는 지각한 것을 조금도 원통하게 생각하지 않았습니다. 가
엾은 숙희 모녀를 위로하여주고 온 것을 생각하면 도리어 마음
이 기뻤습니다.

점심시간이 되었습니다. 다른 동무들은 도시락 뚜껑을 열고,

"내 반찬은 장조림이야."

"내 반찬은 달걀조림이야."

"나는 오늘도 콩자반이란다."

이렇게들 떠들면서 도시락 밥을 맛있게 먹고 있을 때, 경희의 도시락은 빈 도시락이 되고 보니, 여러 동무들과 반찬 타령을 하면서 같이 먹을 수가 없었습니다. 자기 책상에 혼자 앉아서 도시락을 먹는 척하고 도시락을 집어 치웠습니다.

학교에서 파하여 집으로 돌아가는 길에 경희는 아버지가 주신 돈으로 귤을 사가지고 가서 숙희를 까주었습니다.

경희는 원체 아이가 입이 무거워서 집에 와서도 숙희의 이야기를 통 입 밖에 내지 않았습니다. 그리하여 집에서도 누구 한 사람 이 일을 아는 이는 없었습니다.

그 이튿날 아침에도 경희는 숙희네 집에 들렀습니다.

“어머니, 나 도시락 밥을 좀 많이 담아주. 응”

이렇게 어머니에게 말씀을 하여 오빠 큰 도시락에다가 꾹꾹 눌러 담은 도시락 밥을 어제처럼 또 숙희네 주발에 폭 쏟아놓았습니다. 그러고는 오늘도 여전히 빈 도시락을 딸랑거리며 학교로 갔습니다.

점심시간이 되자, 다른 동무들은 또 참새들처럼 재재거리면서 도시락 밥을 맛있게 먹기 시작하였습니다. 경희는 빈 도시락을 꺼내 놓고 앉아 있기가 계면쩍어서 오늘은 그냥 눈 쌓인 운동장으로 나와서 잎이 다 떨어져 가지만 앙상하게 남은 포플러 나무 아래서 숙희의 괴로워하는 얼굴을 눈앞에 그려보았습니다.

그리고 또 부모 몰래 선생님 몰래 동무 몰래 자기가 하는 이 일이 잘하는 일인지 못하는 일인지 여러 가지로 생각하여보았습니다.

밥을 굶게 된 사람, 더욱이 자기와 한 책상에 앉아서 공부하던 동무에게 내 밥 한 끼를 주어서 조금이라도 주림을 면하는 것은 물론 착한 일이라고 경희는 결정하였습니다. 그러나 부모도 알지 못하게 선생님에게 한마디 의논도 없이 하는 일은 좀 잘못된 일이라고 생각하였습니다. 숙희가 자동차에 치이고 또 밥을 굶게까지 된 불행한 경우에 다닥뜨린[5] 것을 선생님에게 말씀드려서 학교에서 죄다 알게 된다면 숙희가 다시 무슨 낯으로 학교를 다니게 될까? 숙희는 너무 부끄러워서 학교를 영영 오지 않을는지도 모르지, 경희의 어린 생각에 이렇게 생각이 들자, 부모를 속이고 선생님을 속인 것이 잘못은 잘못이지마는 숙희를 위해서 아무 말도 않고 꾹 참으리라 굳게 결심하였습니다.

이때 구름에 가리었던 해가 얼굴을 나타내어 따스한 빛을 비추어 주었습니다. 마치,

"네가 생각한 일이 옳은 일이다."

하고 경희의 머리를 어루만져 주는 듯하였습니다.

이런 일이 날마다 계속되어서, 이제는 다른 동무들이 눈치를 채고 경희를 야릇한 눈으로 흘겨보고 쌀쌀스럽게 굴었습니다. 그리하여 지금의 경희는 물에 뜬 기름방울같이 학교에 와도 자기를 가까이 해주는 동무라고는 한 사람도 없었습니다. 경희는

퍽 외롭게 그날 그날을 보내었습니다.

"애 인순아, 저 경희가 도시락은 허구헌 날 가지고 오긴 하지만 빈 도시락인 것을 너 아니?"

"참, 그 애 집이 구차해서 그런가 보아."

"애, 경희 집이 구차해? 모르면 잠자코 있어. 그 애 아버지가 인쇄소를 크게 하는데 밥이 없어? 밥은 얼마든지 있지만두 저 돈을 모으려구 점심을 경제하는[6] 거란다. 그래 남의 눈가림 하느라고 빈 도시락이나마 가지고 오는 거야. 인제 우리 그 앨 '빈 도시락'이라고 부르자."

그중에도 남의 흉 잘 보고 수다스럽고 괴벽스러운 음전이가 아는 척하고 이렇게 떠들어서 아무 영문도 모르는 여러 아이들은 음전이 말을 곧이곧대로 들었습니다.

"빈 도시락!"

이렇게 한 입 두 입 걸러서 이제는 경희만 보면 남을 놀리기 성사삼는[7] 아이들은 경희더러 들으라는 듯이,

"빈 도시락! 빈 도시락!"

"누구는 빈 도시락이라지."

"빈 도시락이 또 왔어."

이렇게들 돌려가면서 놀렸습니다. 경희는 부끄럽기도 하고 분하기도 해서 얼굴이 새빨개져가지고 모든 것을 죄다 말해버릴까 하다가 그저 꿀꺽 꿀꺽 참았습니다.

경희는 이렇게 분하고 부끄러운 일을 하루에도 수없이 당하면서도 여전히 빈 도시락 가져오는 것을 잊어버리지 않았습니다. 그리고 하루 두 번씩 아침, 저녁 숙희네 집을 들러서 여러 가지로 고맙게 굴고, 아버지가 저금하라고 주시는 돈으로 약을 지어다가 숙희 어머니에게 달여드리기까지 하였습니다.

그리고 다행한 일은 숙희가 자동차에 치었을 때 치료해준 병원으로 경희가 가서 사정사정하여서 숙희 병이 낫기까지 약을 거저 가져오게 된 것입니다.

어느 날 여러 아이들이 운동장에서 경희를 보고서,

"빈 도시락!"

"빈 도시락!"

손뼉을 치면서 손가락질을 하며 놀리는 것을 교장 선생님께서 마침 보시게 되었습니다. 교장 선생님께서는 '빈 도시락'에 무슨 곡절이 있을 것이라 짐작하시고 경희를 사무실로 데리고 들어가셨습니다.

"경희야, 아까 아이들이 널 보고 빈 도시락이라고 놀리니 그게 무슨 소리냐?"

경희는 얼굴이 새빨개졌습니다.

"네, 아무것도 아녜요."

"숨기지 말고 자세한 이야기를 해. 요전에도 널 보고 빈 도시락이라고 놀리는 것을 들은 일이 있어. 또 들으니깐 너는 도시락을 가지고 오면서도 먹지 않고 운동장으로 나간다더구나. 너희 집이 별안간 구차해져서 빈 도시락을 가지고 오니?"

경희는 아무 대답이 없이 뚝뚝 굵다란 눈물을 흘리고 있었습니다.

"울지 말고 나한테 자세한 이야기를 해."

"선생님 제 도시락은 정말 빈 도시락이에요."

"왜 빈 도시락을 가지고 오니? 어머니가 도시락에 밥을 안 담아주시던?"

"아니에요. 집에서는 담아주시는데 그 밥을 누구에게 주고 와요."

하고 경희는 그제야 숙희가 학교를 결석하는 일과 신문팔이가 되었다가 자동차에 치인 일과 숙희 어머니가 중병으로 앓아 자리에 누우신 일을 처음부터 끝까지 좍 이야기하였습니다.

"그래, 저는 하루 걸러큼 병원에 가서 숙희 약을 갖다가 주고 날마다 학교에 올 때 숙희네 집에 들러서 도시락 밥을 쏟아놓고 와요. 참말 숙희네 집은 불쌍해서 볼 수가 없어요."

경희는 소매로 눈물을 씻었습니다.

이 말에 교장 선생님께서도 가슴이 미어지는 듯하고 눈물이 나려고 하는 것을 간신히 참으셨습니다.

"응, 그렇다. 경희야, 참 너는 기특한 아이다. 그런 것을 학교에서는 조금도 몰랐구나. 너는 그동안 동무들에게 놀림을 받아가면서도 그 말을 입 밖에 내지 않았구나. 숙희네 집에서는 얼마나 너를 고마운 사람으로 알겠니? 자, 조금도 걱정 말아라. 그리고 내일부터 도시락을 숙희 집에 주지 말고 그냥 가지고 오너라. 숙희네 집은 내가 힘 자라는 데까지 도와줄 테니깐.”

경희는 이 말씀을 듣고 자기 일같이 기뻐하였습니다.

그 뒤에 경희 아버지와 교장 선생님은 서로 만나게 되었습니다. 경희 아버지는 교장 선생님에게 자세한 이야기를 들으시고, 자기 딸의 기특하고 귀여운 마음씨에 너무 감격해서 눈물까지 흘리셨습니다.

경희 아버지는 그 길로 교장 선생님과 함께 숙희네 집에 찾아가셨습니다. 그리고 경희 아버지께서 숙희의 모녀를 자기 집 뒷방에 데려다가 간호해줄 것을 약속하였습니다.

경희와 숙희는 얼마나 기뻤겠습니까. 숙희의 병이 아주 나아서 다시 학교에 나온 첫날, 여러 반 동무들은 ‘빈 도시락’이라고 경희를 놀리던 것을 잊어버린 듯이 경희와 숙희에게로 우 몰려들었습니다.

점심시간이 되어, 도시락 밥을 꺼내놓고 밥을 먹을 때마다 여러 동무들의 눈은 한 번씩은 으레 경희와 숙희가 나란히 앉아 밥 먹는 것을 바라보고 웃는 것이었습니다. 그리고 어느 애가 가느다란 목소리로 “빈 도시락” 하자, 여러 아이들은 그것을 군호[8]로 삼아서 “빈 도시락 만세!”를 부르면서 손뼉을 치며 경희를 환영하였습니다.

"빈 도시락!"

"빈 도시락!"

지금 듣는 그 소리에도 경희와 숙희의 얼굴은 잘 익은 사과빛 같이 붉어지는 것이나, 이번에는 나오는 웃음을 억지로 참느라고 붉어지는 것이겠지요.

『조선아동문학집』, 1938. 12.

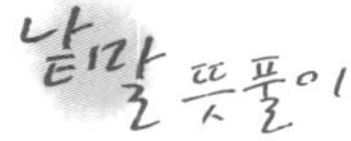

1 흔들면 소리가 나도록 작은 종 모양으로 만든 것.

2 차가 멈춤.

3 쌀에 물을 넉넉하게 붓고 푹 끓여서 쌀 알갱이 없이 걸죽하게 먹는 음식.

4 파하다: 다 끝나다.

5 다닥뜨리다: 마주쳐 부딪거나 맞다들다.

6 아끼는, 절약하는.

7 버릇인.

8 암호.

궁핍한 환경에서 자란 청소년소설

1. 편찬의 의도와 원칙

일반 문학과 구별되는 '청소년문학'이 있어야겠다는 생각이 최근에야 한국 문화계와 교육계에 자리를 잡아가고 있다. 그래서 출판과 연구의 움직임이 일어나고 있지만, 아직 한국 근대 청소년문학의 역사와 그 작품들에까지 관심이 미치지는 않은 듯하다. 그리고 청소년소설의 경우, 그 성격과 범위에 대한 생각조차 일정하지 않은 상태이다. 근대 청소년소설은 초창기인 일제강점시대에 흔히 '소년소설'이라고 일컬었다. 그것은 그동안 중요하게 여기지 않아 묻혀버리거나 어린이 대상의 동화로 분류되어 그와 뒤섞여 있었는데, 여태까지 사정이 별로 바뀌지 않은 것이다.

‘청소년문학’은 이 분야에서 비교적 앞서 있는 유럽에서도 아동문학, 성인(일반)문학 등과 선명하게 구별되지 않는다. 하지만 이제 가능한 한 구별을 해야 할 단계에 와 있다고 본다. 청소년문학 가운데 여기서 대상으로 삼는 ‘청소년소설’이란 청소년기(13~18세)의 삶과 관심을 제재로 삼아, 청소년이 읽기에 적합한 언어와 형식으로 창작된 소설이다. 대개 청소년이 중심인물이며, 일반 장·단편소설에 비해 길이가 비교적 짧고 표현과 구조도 단순한 편이다. 인물의 성격이 유형적이며, 묘사보다 줄거리 위주로 서술되는 경향을 띤다. 그리고 어려운 현실에 빠진 청소년의 삶을 통해 기성세대가 반드시 물려받거나 추구해야 한다고 믿는 가치를 제시하는 교육적 목적을 지니기도 한다. 우선 청소년을 위해 창작된 것을 가리키지만, 그 의도와 관계없이, 앞의 특성을 지니고 있어서 청소년에게 적합한 것이거나 청소년들이 즐겨 읽고 있는 것이면 포함시킬 수 있다. 일반 성인용 소설을 읽기 전에 읽는 입문용(入門用) 소설이라 할 수도 있다.

이 책은 소중한 근대 청소년소설의 유산을 찾아내어 오늘의 청소년이 읽게 하며, 아울러 그것을 연구하고 가르치는 이들에게 도움을 주고자 펴내는 것이다. 이를 통해 한국문학에서 청소년소설(나아가 ‘청소년 시’를 포함한 청소년문학) 갈래가 확립되어, 청소년들이 그들에게 적합한 문학을 통해 삶과 예술을 더

깊이 이해하고 체험할 수 있게 되기 바란다.

이 책은 근대 청소년소설이 형성되고 발전된 1920년대 와 1930년대의 대표적인 작품들을 가려 각 시대별로 한 권씩 총 두 권에 모은 것이다. 그 선정 기준과 엮은 원칙은 다음과 같다.

첫째, 대표적인 청소년소설 작가들의 작품 중 당시 사회와 청소년의 삶을 잘 그려내어 문학사적으로 중요한 작품을 우선 뽑았다.

둘째, 되도록 오늘의 청소년이 흥미롭고 유익하게 읽을 수 있는 제재와 서술을 갖춘 순수 창작 단편소설 위주로 선정하였다. 장편소설, 지나치게 흥미 위주인 것(탐정소설, 역사소설, 모험소설류), 외국 작품을 번역하거나 번안한 것 등은 대상에서 제외하였다.

셋째, 청소년을 제1차 독자로 삼고 쓴 작품을 대상으로 하였으나, 독자를 그렇게 한정하지 않은 것으로 여겨지는 작품도 청소년소설의 특징을 지니고 있으면 선정하였다.

넷째, 글이 발표된 차례대로 엮었으나, 한 작가의 작품은 한데 모았다.

다섯째, 방정환과 현덕은 각 시대를 대표하는 작가로 판단하여 세 작품씩 수록하였다.

여섯째, 원전을 훼손하지 않는 범위에서 표현을 현대 어법에

맞게 바꾸고 다듬었다. 오늘날 잘 사용하지 않는 어휘나 표현은
뜻풀이를 달아 이해를 도왔다.

2. 근대 청소년소설의 성장

앞에서 청소년소설이란 청소년기의 삶과 관심을 제재로 삼은
소설이라고 하였다. ‘청소년’은 어른에 의존하는 어린 시기를
벗어나, 어른이 되기 위해 홀로서기 해가는 사람을 가리키는 말
로서, ‘어린이’와 더불어 근대에 생겨난 말이다. 물론 어린이나
청소년은 그 이전에도 노상 있었지만, 한국에서 그들이 어른과
다른 존재로 따로 구별되고 대접받은 것은 19세기 말부터 20세
기 초에 걸친 시기부터인 것이다. 따라서 어른을 독자로 삼는
일반 소설과 구별되고, 또 어린이 대상의 동화와 구별되는 청소
년소설이라는 것도, 그 말과 더불어 근대에 생겼다고 할 수 있
다. 오늘날에도 ‘어린이’에 비해 ‘청소년’이, 또 ‘동화’에 비해
‘청소년소설’이란 말의 뜻이 또렷이 잡히지 않는 것은, 그들이
독립성이 적거나 아직도 형성되는 중임을 뜻한다.

한국 최초의 근대 청소년소설은 일제강점시대인 1923년 4월
1일, 방정환이 『어린이』 창간호에 발표한 「아버지 생각―순희
의 설움」으로 보인다. 그 뒤 ‘불쌍한 이야기’ ‘사진소설’ 등의

다양한 갈래 이름으로 발표되던 청소년소설은, 방정환의 「졸업의 날」(1924)부터 주로 '소년소설'이라고 불리게 되었다.

한국은 근대화로 접어드는 중요한 시기에 나라를 잃었다. 그러므로 일제강점시대의 한국인들은 사회 문화를 근대화하는 일과 나라의 독립을 회복하는 일, 그 두 가지를 함께 수행해야 했다. 물론 청소년도 개인의 완성 이전에 나라의 독립을 위한 일꾼이 되어야 했다. 따라서 근대 청소년소설은 독립운동의 하나인 이른바 '소년문예운동'의 흐름 속에서 형성, 발전되었다.

일제강점시대의 학교는 일제의 식민화 정책에 필요한 인력을 기르기 위한 곳이었으므로, 한국 어린이와 청소년의 성장에 필요한 참된 교육을 기대하기 어려웠다. 교과서에 실린 문예물도 이솝 우화와 같은 우화류에 그칠 뿐이었다. 그래서 청소년의 정서와 사고를 발달시키고 민족의식을 북돋울 교양 교육은 소년운동 단체에서 발간한 문예잡지가 맡고 나섰다. 이런 노력이 바로 소년문예운동이다. 1923년 방정환, 김기전 등의 천도교 소년회원 중심으로 창간된 『어린이』와, 이후 발간된 『신소년』『별나라』『소년』 등의 문예잡지는 새롭고 유익한 읽을거리를 많이 실었는데, 청소년소설은 주로 거기서 싹트고 성장하였다. 물론 이 선집에 실린 「행랑자식」(나도향)이나 「고사리」(이효석)처럼 특별히 청소년 독자를 염두에 두고 쓴 것으로 보이지 않는 작품들도 있다. 하지만 초기의 청소년소설 대부분은 청소년을 독자로 삼는 문예 잡지나 일반 신문의 소년소녀 문예란에 발표되었다. 청소년 잡지들은 독자문예란과 현상응모를 활용하여 새로운 청소년문학 작가를 발굴하기도 하였다.

1920년대의 대표적인 청소년소설 작가는 방정환이다. 방정환은 『어린이』 간행 초기부터 '소년소설'과 '동화'를 구별하였고, 다양한 청소년용 이야기들을 발표하였다. 이후 연성흠, 이정호, 최병화 등이 활발하게 활동을 벌였는데, 이들은 하나의 연재소설을 각 회마다 다른 사람이 이어 쓰는 방식의 공동 창작도 하였다. 1928년부터 『어린이』에 '소녀란'이 마련되어 최경화, 백시라 같은 여성작가가 소녀를 주인공으로 한 소설을 발표하기도 하였다.

『어린이』 이후 발간된 『신소년』(1923년 10월 창간), 『별나라』(1926년 6월 창간) 등은 사회주의 계열의 작가들이 주도한 청소년잡지이다. 거기에 권환, 송영, 이주홍, 김우철 등이 계급간의 갈등을 그린 작품을 주로 발표하였는데, 1930년대는 이들의 활동이 두드러진 시기이다. 일제의 탄압에 의해 잡지들이 폐간된 후, 청소년소설은 주로 일간 신문의 소년문예란에 발표되었고, 이구조, 노양근 등이 거기서 활동하였다. 이들은 사회적인 문제보다 청소년 개인의 생활과 성장에 대한 이야기들을 다루었다. 1937년 4월에 『소년』이 창간되어 청소년소설의 전문적 창작과 보급에 크게 이바지하였는데, 이때 현덕의 활동이 가장 두드러졌다. 그는 내용과 표현 모두 높은 수준의 작품들을 발표하였으므로, 방정환이 근대 청소년소설의 창시자라면 현덕은 그 완성자라고 할 수 있다.

1930년대에는 이태준, 강경애, 박태원, 백신애, 김유정, 이효석, 김동리와 같은 작가들도 청소년소설 창작에 관심을 보였다.「청어 뼉다귀」를 쓴 이주홍은 당대부터 해방 이후까지 아동문학가로 활발히 활동하였는데, 일제 강점기에 그는 작품 창작과 함께 청소년소설의 이론을 세우는 평론 활동도 하였다.

3. 작품 세계

근대 청소년소설이 싹트고 자란 1920~30년대는 일제의 수탈과 민족 말살 정책이 극심하여 한국인은 매우 짓눌리고 궁핍한 처지에 놓여 있었다. 특히 아버지가 독립운동이나 돈벌이를 위해 간도, 일본 등으로 떠나면, 어머니 혼자 생계를 유지하다가 어머니마저 병이 들어 목숨을 잃는 경우가 흔하였다. 그래서 고아나 결손 가정이 많았으며, 청소년들이 직접 빵과 신문을 팔기도 하고, 공장에 취직하여 생계를 유지해야 했다. 그들이 월사금을 못 내 학교에서 쫓겨나는 일도 많았다. 이러한 현실을 반영하여 당대의 청소년소설은 결핍된 가정의 청소년이 부도님을 그리워하거나 가난 때문에 겪는 고통에 대한 이야기가 많다.

이 책에 실린 1920년대 작품들 가운데 특히「행랑자식」「언밥」「쓸쓸한 밤길」등이 가난의 설움을 진하게 표현하고 있는데, 가진 자들의 횡포에 대한 분노가 바탕에 깔려 있다. 이태준의「쓸쓸한 밤길」은 부모 잃은 소년이 친척 어른의 횡포로 자기 집과 재산을 모두 빼앗긴 채 집을 나오는 이야기로, 나라 잃은 설움을 빗대어 그린 것으로 읽을 수도 있다.

초기에는 부모를 잃거나 가난하여 눈물짓는 청소년의 이야기가 대부분이었지만, 점점 어려움에 처한 친구나 이웃을 돕는 이야기가 많아진다.「야구빵 장수」「동무를 위하여」「경희의 빈 도시락」「만년 샤쓰」「눈물의 은메달」등이 그 같은 미담(美談)을 다룬 작품들이다. 그 가운데 방정환의「만년 샤쓰」는 흥미로운 사건 전개와 생동감 있는 묘사로 1920년대 청소년소설의 걸작으로 평가된다.

「정의의 승리」「참된 우정」등은 정의와 정직 — 근대 청소년소설에서 가장 중요시되는 그 가치들을 제재로 삼은 작품이다.「참된 우정」은 누명을 쓰면서도 친구를 위해 그 사실을 밝히지 않아, 친구를 깊이 반성케 하는 이야기이다. 1930년대의 작품(「조행 '갑'」「하늘은 맑건만」「고구마」등)에도 이처럼 도덕적 가치를 제재로 삼은 '교육적인' 작품이 많은데, 1920년대 작품에 비해 인물들의 심리 묘사가 섬세하고 서술자의 개입이 자제

되어, 독자 스스로 무엇이 올바른 것인가를 고민하게 한다.

한편 「곡마단의 두 소녀」와 「동무와 잡지와 떡」은 『어린이』의 '소녀란'에 게재된 '소녀소설'로서 소녀들을 주인공으로 삼아 그들의 자매애와 우정을 그리고 있다.

사회주의 계열의 작품을 많이 쓴 송영의 「쫓겨 가신 선생님」은, 청소년의 눈을 빌어 민족 교육에 대한 일제의 탄압을 폭로하고 있다. 이 소설은 일제의 검열에 걸려 『어린이』의 발간 시기가 늦어지고, 방정환을 비롯한 편집인들이 곤욕을 치르기도 했던 작품이다. 「1＋1＝?」은 오늘날의 중학교에 해당하는 고등보통학교 1학년의 첫 수학 시간 이야기로, 원리를 깨우치게 하는 학습법이 인상적이다. 「용길이의 기공」은 지혜로운 소년이 추리를 통해 도둑을 잡는 단편 추리소설로, 청소년소설 가운데 추리소설이 드물고, 또 당시 대부분의 추리소설이 장편인 것을 생각하면, 매우 독특한 작품이다.

이 선집의 제2권에 실린 1930년대 작품은 1920년대 작품에 비해 여러 가지 차이점을 지니고 있다. 무엇보다 서술자가 두리하게 개입하는 서술이 많이 줄고, 인물의 심리와 행동을 객관적으로 묘사하여 실감나게 보여준다. 예술적으로 한 걸음 나아간 것이다.

한편 1930년대 작품들은 궁핍한 삶을 사회주의적 관점에서 그린 소설이 많다. 「청어 뼉다귀」처럼 지주의 횡포를 직접적으로 다룬 작품도 있고, 「진수와 그 형님」 「영길이」 「나비를 잡는 아버지」와 같이 고용인과 피고용인의 계급적 신분 차이가 그 자식들한테까지 영향을 끼쳐 일어난 사건 이야기도 있다. 그 작품의 주인공들은 모두 피고용인의 자녀이다. 그들은 건강하고 책임감 있으며 용기가 있으나, 부당하게 고용인의 자녀한테 억압당하는 상황에 몰리게 된다. 하지만 그들은 그런 상황에 쉽게 굴복하지 않는다. 1930년대를 대표하는 현덕의 걸작 「나비를 잡는 아버지」에서는, 지주의 아들에게 사과를 강요하는 부모를 이해하지 못하던 소년이, 자기 대신 나비를 잡는 아버지를 보며 자기 집의 처지를 깨닫는 결말이 감동적이다.

「백삼포 여공」 「상호의 꿈」 「영수증」은 노동하는 청소년의 현실과 고통을 그리고 있다. 「백삼포 여공」은 생계를 위해 목숨 걸고 다투는 비참한 노동 현장을 생생하게 그려내어 충격을 준다. 「상호의 꿈」은 상급학교로 진학한 청소년과 공장에서 일하는 청소년의 처지가 아프게 대비되어 있다. 「영수증」은 고아 소년이 일하던 우동집이 자본이 많은 새 우동집에 밀려 망하게 되어 소년도 갈 곳이 막막해지는 이야기를 담은 걸작이다. 비교적 긴 작품이지만, 소년과 주인이 고용인, 피고용인 사이의 단순한 대립 관계가 아닌 점이 참신하며, 심리와 세태 묘사가 섬세하고 진하여 끝까지 눈을 떼기 어렵다.

「멀리 간 동무」와 「박군의 편지」는 가난과 일제의 핍박에 쫓겨 간도로 떠난 사람이 허다했던 사회 현실을 반영하고 있다. 「멀리 간 동무」는 고향을 등질 수밖에 없는 당대 농민들의 비참한 모습이 여실히 그려져 있다. 「박군의 편지」는 간도에서 온 편지를 통해, 거기서 독립운동 하던 애국자들의 모습을 간접적으로 보여준다.

근대 청소년소설에서 자주 등장하는 소재 중의 하나가, 지금의 등록금에 해당하는 '월사금'을 못 내는 이야기이다. 가난한 형편에 겨우 학교를 다니는 청소년들은 늘 월사금 마련이 문제였으며, 학교는 별 대책 없이 그런 학생들을 학교 밖으로 쫓아내곤 했다. 그것을 다룬 소설이 「월사금」과 「아버지와 딸」이다. 콩트처럼 짧은 「월사금」은 결말부에서 월사금 마련을 위해 친구의 돈을 훔치는 사건을 암시하고 있다. 「아버지와 딸」은 딸하고만 사는 굴뚝 청소부가 졸업을 앞둔 딸의 월사금을 마련하지 못해 고민하는 가슴 아픈 이야기이다. 근대 청소년소설에서 청소년의 부모가 어머니뿐인 경우가 많은데, 어머니 없이 아버지만 등장하는 게 이채롭다.

「날아다니는 사람」은 어려운 환경에서도 꿈을 찾고 키워나가는 청소년들에 대한 이야기다. 상상하고 만들기를 좋아하는 소년이 현실에서 겪는 어려움을 이겨나가기 위해 '말자동차' '날아다니는 사람' '쌀 나오는 기계' 따위를 만들려고 애쓰는 장

면이 당대 청소년들의 과학적 상상력을 자극했을 것으로 보인다. 「이런 음악회」는 주로 농촌을 배경 삼아 창작했던 김유정이 쓴 학생소설로, 당대 유행이었던 음악 경연 대회의 응원 이야기이다. 만두를 사주겠다는 꼬임에 넘어가 응원석에 앉았지만, 자기 학교보다 잘하는 상대편 학교를 응원한 소년과, 자기 학교를 위해 열심히 응원하는 응원대장 소년의 심리가 대조되어 있다.

「고사리」는 성(性)을 자주 제재로 삼았던 이효석의 작품으로서, 빨리 어른이 되고 싶은 청소년의 욕망을 토속어를 사용하여 매우 노골적으로 그려내고 있다. 작가가 청소년을 교육의 대상으로 보는 윤리적 태도에서 벗어나, 그 부정적인 모습까지 집요하게 이야기한 점이 매우 색다르고 충격적이다. 우리나라의 대표적 소설가 중 한 사람인 김동리는 1979년 청소년소설집『꿈 같은 여름』을 내기도 했는데, 이미 1940년대 초반부터 청소년이 등장하는 소설을 창작하였다. 그의 작품「소년」역시「고사리」처럼 선악 구분 이전의, 청소년의 원초적 본성을 드러내는 충격적인 사건 설정과 치밀한 묘사가 돋보인다.

• 1권 •

1. 나도향(羅稻香) (1902~1927)

소설가. 본명은 경손(慶孫), '도향'은 필명. 또다른 필명은 빈(彬). 서울에서 태어나 배재고보를 졸업하고, 경성의전에 입학했으나 중퇴한 후 문학 활동에 매진했다. 단편 20여 편과 장편 2편, 수필 몇 편을 남기고 폐병으로 일찍 사망했다. 대표작으로 「물레방아」 「뽕」 「벙어리 삼룡이」 「지형근」 등이 손꼽힌다. 청소년소설로 「행랑자식」이 있다.

2. 권환(權煥) (1903~1954)

시인, 평론가, 소설가. 본명은 경완(景完), 경남 창원 출생. 일본 교토제국대학 독문학과를 졸업했다. 귀국 후, 카프 중앙집행위원으로 활동하며 사회주의 계열의 시, 평론 등을 썼다. 대표작으로 『자화상』 『윤리』 등의 시집과 「무산예술운동의 별고와 장래의 전개책」 「시평과 시론」 등의 평론이 있다. 1925년부터 사회주의 계열의 소년잡지 『신소년』에 「세상 구경」 「아버지」 「언밥」 「마지막 웃음」 등의 청소년소설을 발표했다.

3. 문인암(文仁岩)

이력을 알 수 없다. 1926년 12월 『어린이』에 청소년소설 「야구빵 장수」를 발표했다.

4. 방정환(方定煥)(1899~1931)

아동문화 운동가, 구연동화가, 동요·동화작가, 소설가. 호는 소파(小波). 서울 출생. 일본 도요(東洋) 대학 철학과에서 아동문학과 아동심리학을 공부했다. 소년입지회, 청년구락부, 천도교 청년회, 천도교 소년회, 색동회, 소년운동협의회, 소년연합회 등을 조직하여 어린이·청소년 운동을 전개하였다. 1923년 『어린이』를 비롯하여, 『신청년』『녹성』『별건곤』『학생』『혜성』 등의 잡지를 발간하였으며, '어린이날'을 제정하고, 세계 아동예술 전람회를 개최하는 등 민족 계몽과 아동문화 운동에 선구적 업적을 남겼다. 대표작으로 「형제별」「귀뚜라미」 등의 동요와, 「만년 샤쓰」, 『동생을 찾으러』『칠칠단의 비밀』 등의 청소년소설, 번안동화집 『사랑의 선물』 등이 있다.

5. 연성흠(延星欽)(1902~1945)

아동문화 운동가, 청소년소설가. 명진소년회와 아동문학연구 단체인 별탑회를 만들어 소년운동에 힘을 쏟았다. 해방이 되자 최병화와 아동예술연구 단체 '호동원(好童園)'을 만들어 활동하는 등 평생을 아동문화 운동에 바쳤으며, 『어린이』에 「눈물의 은메달」「창수의 지각」「희망에 빛나는 소년」「희망의 꽃」「용길이의 기공」 등의 청소년소설을 발표했다.

6. 송영(宋影)(1903~?)

아동문학가, 극작가, 평론가. 본명은 무현(武鉉, 茂鉉). 서울 출생. 1919년 배재고보를 중퇴했고, 해방 후 월북하였다. 1925년 카프 창건에 참가하는 한편, 아동·청소년잡지 『별나라』 등의 편집을 담당했다. 대표작으로 「교체 시간」「노인부」「야학 교사」 등의 소설과 희곡 「방랑시인 김립」이 있으며, 「어떤 나무꾼 아이의 일생」「쫓겨 가신 선생님」「옷자락은 깃발같이」「고래」 등 다수의 청소년소설을 썼다.

7. 최경화(崔京化)

『어린이』의 독자로 글을 발표하다가 1928년 이 잡지사에 입사했다. 『어린이』
에 '소녀애화'라는 이름으로 청소년소설 「동무와 잡지와 떡」을 발표했다. 더 이
상의 이력을 알 수 없다.

8. 백시라

이력을 알 수 없다. 1928년 『어린이』에 '소녀소설'이라는 이름으로 청소년소
설 「곡마단의 두 소녀」를 발표했다.

9. 이정호(李定鎬) (1906~1938)

아동문화 운동가, 동화작가. 호는 미소(微笑). 천도교 소년회 회원으로 일찍
부터 아동문화운동에 참가하였다. 『개벽』에 입사한 이후, 『어린이』『신여성』 등
의 잡지 편집을 도왔으며, 최병화, 연성흠 등과 함께 아동문학연구 단체인 '별
탑회'를 조직하여 아동문화 운동을 전개했다. 주로 외국 작품 번역과 동화 구연
활동에 치중하여, 데아미치스의 『사랑의 학교』를 소개하였고 『세계일주동화집』
을 펴냈다. 대표작으로 「이상한 연적」「아가씨와 요술할멈」 등의 동화와 「정의
의 승리」「귀여운 희생」「군밤 장수」 등의 청소년소설이 있다.

10. 이태준(李泰俊) (1904~?)

소설가. 호는 상허(尙虛), 상허당 주인(尙虛堂主人). 강원도 철원군 출생. 휘
문고보 및 도쿄 조치(上智) 대학 중퇴. 1929년 『개벽』에 입사하여 『학생』『신
생』 등의 편집에 관여하며 「몰라쟁이 엄마」「슬퍼하는 나무」 등의 동화와 「어린
수문장」「쓸쓸한 밤길」「눈물의 입학」 등의 청소년소설을 발표하였다. 구인회
동인으로 활동했고, 1939년부터 『문장』을 주관하였다. 해방 이후 월북했으며,
1956년 숙청당했다. 『달밤』『까마귀』 등의 단편집 7권과 『구원의 여상』『청춘무
성』 등의 장편 13권 및 수필집 『무서록』『소련기행』 등을 발간하였다.

11. 최병화(崔秉和)(1905~1951)

청소년소설가. 호는 고접(孤蝶). 서울 출생. 연희전문학교를 졸업하고 교사, 편집기자 등의 활동을 하였다. 아동·청소년잡지 『별나라』의 편집동인이며, 해방 후 김영일, 연성흠 등과 함께 아동예술연구 단체 '호동원(好童園)'을 창립하고, 아동극단 '호동(好童)'을 조직하여 활약하였다.

1920년대 후반부터 『어린이』『별나라』『아이생활』 등의 잡지에 작품을 발표하였으며, 해방 후에도 『소학생』『새동무』『소년』 등에 계속 기고했다. 대표작으로 「옥수수 익을 때」「누님의 얼굴」「참된 우정」 등의 청소년소설이 있고, 『희망의 꽃다발』『꽃 피는 고향』『즐거운 자장가』『낙화암에 피는 꽃』 등의 청소년소설집이 있다.

●2권●

12. 이주홍(李周洪)(1906~1987)

동시 작가, 소설가. 호는 향파(向破). 경남 합천 출생. 보통학교 졸업 후 한학을 공부했으며, 일본으로 건너가 토목·제탄·식료·제과 공장 등에서 일하기도 했다. 일제강점기에는 주로 카프 계열의 아동·청소년잡지 『신소년』의 편집에 관여하며 「눈물의 치맛감」「돼지 콧구멍」「청어 뼉다귀」「군밤」 등의 청소년소설을 발표했다. 해방 후, 중·고교 교사를 거쳐 부산 수산대학 교수로 재직했다. 1966년 『문학시대』를 주재하고, 부산 아동문학회를 조직하는 등 다방면에서 꾸준히 활동하였다. 『아름다운 고향』『피리 부는 소년』『못나도 울 엄마』 등의 청소년소설과 『조춘』『해변』『어머니』 등의 소설을 썼으며, 시집 『풍경』을 펴냈다.

13. 민봉호(閔鳳鎬)

이력을 알 수 없다. 1930년대에 체험 수기 형식으로 『어린이』에 「영화의 넋두리」「순이의 설움」「박군의 편지」「눈물의 신세」 등을 발표하고, 조선일보에 「우리의 설움」「병사」를 발표하였다.

14. 김도인(金道仁)

이력을 알 수 없다. 『별나라』 편집 동인으로 활동했으며, 『어린이』에 청소년소설 「진수와 그 형님」을 발표했다.

15. 현동염(玄東炎)

이력을 알 수 없다. 1930년대 『신소년』과 『별나라』에 「백삼포 여공」「꿈 깨인 사냥개」 등의 청소년소설을 발표하였다.

16. 강노향(姜鷺鄉)

이력을 알 수 없다. 1930년대 청소년잡지에 청소년소설을 여러 편 발표했다. 『신소년』에 「산에 가는 사나이」「여명」「농촌의 황혼」「도조를 바치는 날」을, 『어린이』에 「영길이」를, 『별나라』에 「어떤 나무꾼 소년」을 발표했다.

17. 김우철(金友哲)(1915~?)

평론가. 평안북도 의주 출생. 1929년 신의주고보를 중퇴하고, 아동·청소년 잡지 『별나라』『신소년』 등에 관여하며, 계급주의적 관점에서 아동문학에 대한 평론 및 청소년소설을 발표했다. 대표작으로 「아동문학에 관하야」「동화와 아동문학—동화의 지위 및 역할」「농민문학에 대한 과거의 오류」 등의 평론과 「등피알 사건」「상호의 꿈」「오월의 태양」「공장이 파한 뒤」「야학의 연필 사건」 등의 청소년소설이 있다.

18. 강경애(姜敬愛)(1907~1943)

소설가. 황해도 송화 출생. 어린 시절 의붓아버지 밑에서 자라며 심리적, 경제적 곤란을 겪었다. 평양 숭의여학교에 입학하였으나 동맹휴학에 가담하여 퇴학당한 뒤 상경, 동덕여학교 3학년에 편입하여 공부했다. 이후 야학운동과 신간회 활동 등 사회운동에 투신하다가 1931년 간도 여행에서 돌아와 작품 활동을 시작하였다. 대표작으로「파금」「어머니와 딸」「소금」「원고료 이백 원」『인간문제』등의 소설이 있다.「월사금」과 같은 청소년소설도 썼다.

19. 박태원(朴泰遠)(1910~1986)

소설가. 호는 구보(仇甫). 서울 출생. 일본 호세이(法政) 대학 예과에 입학하였으나 중퇴하였다. 1933년 구인회에 가입하면서 작가로서의 지위를 확고히 했으며,『동아일보』와『소년』에「영수증」「소년탐정단」등의 청소년소설을 발표하기도 했다. 한국전쟁 중에 월북하여 북한에서 최고의 역사소설로 손꼽히는 『갑오농민전쟁』을 집필하였다. 대표작으로「소설가 구보씨의 일일」,『천변풍경』등이 있다.

20. 안운파(安雲波)

자세한 이력을 알 수 없다. 본명은 안준식, 호는 평원(平原).『신소년』과『별나라』에「물대기」「호떡 선생」「임간학교」등의 청소년소설을 발표했다.

21. 백신애(白信愛)(1906~1939)

소설가. 경북 영천 출생. 조선여성동우회, 여자청년동맹 등에 가입, 활동하였고, 1928년 시베리아를 여행한 뒤, 그 체험을 소설「꺼래이」로 작품화했다. 1929년 도쿄에 건너가 공부하다 1932년에 귀국, 가난한 농민들의 세계를 그린 「복선이」「적빈」「빈곤」등의 작품을 발표하였다.『소년중앙』에「멀리 간 동무」와 같은 청소년소설을 발표했다.

22. 이구조(李龜祚)(1911~1942)

동화 작가, 청소년소설가. 평남 강동 출생. 연희전문학교를 졸업하였다. 대
표작으로「청개구리 나라」「과자벌레」등의 동화,「조행 '갑'」「체조 시간」등의
청소년소설,「동화의 기초공사」「사실동화와 교육동화」등의 아동문학 평론이
있다.

23. 노양근(盧良根)(1900~?)

동화 작가, 청소년소설가. 호는 양아(洋兒). 김천 출생. 1937년경 원산 구세
병원에 근무한 것으로 추정되며, 해방 후 북한에 잔류한 것으로 보인다. 삶의
자취에 대한 자세한 기록이 남아 있지 않다. 1930년대에 동화와 소년소설을 활
발히 창작하였으며, 『어린이』에 청소년소설에 대한 평론도 발표하였다. 대표작
으로「광명을 찾아서」「날아다니는 사람」「열두 고개」,『열세 동무』,「임자 없는
책상」등이 있다.

24. 김유정(金裕貞)(1908~1937)

소설가. 서울 출생. 연희전문학교 문과를 거쳐 보성전문학교에 다니다 중퇴
했다. 1933년에 소설「산골나그네」와「총각과 맹꽁이」를 발표하며 작품 활동을
시작하여, 폐병으로 사망하기까지 4년이라는 짧은 기간 동안 30여 편의 소설과
10여 편의 수필을 발표하였다. 주로 농촌을 배경으로 궁핍한 현실을 해학적으
로 그려냈다. 대표작으로「소낙비」「금 따는 콩밭」「만무방」「봄·봄」「땡볕」등
이 있으며,「동백꽃」「이런 음악회」등의 청소년소설도 썼다.

25. 이효석(李孝石)(1907~1942)

소설가. 호는 가산(可山), 강원도 봉평 출생. 경성제국대학 영문과를 졸업하
고 평양숭실전문학교 교수로 재직하며 작품 활동을 펼쳤다. 초기에는 동반자
작가로 활동하며 카프 계열의 작품을 창작하다가, 1933년 순수문학을 표방한
구인회에 참여하면서 애욕의 세계로 전환한다. 대표작으로「분녀」「산」「메밀꽃

필 무렵」「화분」 등이 있다. 「돈」「고사리」 등의 청소년소설을 썼다.

26. 현덕(玄德)(1912~?)

소설가. 본명은 경윤(敬允). 서울 출생. 1925년 제일고등보통학교에 입학하였으나 중퇴하였다. 「달에서 떨어진 토끼」「고무신」 등의 동화와 소설 「남생이」를 발표하며 문단에 데뷔하였다. 1930년대 말에 소설, 동화, 청소년소설 등 여러 갈래의 작품을 발표하여 주목받았다. 해방 후 조선문학가동맹에 참가하였고, 1950년 월북하였다. 대표작으로 「남생이」「경칩」「두꺼비가 먹은 돈」 등의 소설과 청소년소설 『집을 나간 소년』, 동화 『포도와 구슬』『토끼 삼형제』 등이 있다.

27. 김동리(金東里)(1913~1995)

소설가, 시인, 평론가. 본명은 시종(始鍾). 경북 경주 출생. 1935년 「화랑의 후예」와 「산화」로 등단하여 「바위」「무녀도」「황토기」 등의 문제작들을 발표하였다. 해방 직후, 우파 진영을 대표하는 평론가로 활동하였으며, 대표작인 「역마」「등신불」「늪」「까치 소리」, 『사반의 십자가』『을화』 등을 발표하였다. 1949년 『소학생』과 『소학생 문예독본(6학년)』에 동화 「고양이」와 「실근이와 순근이」를 발표하였으며, 1979년 동화와 청소년소설이 수록된 『꿈 같은 여름—김동리 소년소녀소설집』을 발간했다.